Ina Weisse

Die Geliebte

Ina Weisse

Die Geliebte

Geschichte einer
Leidenschaft

Goldmann Verlag

Originalausgabe

FSC
Mix
Produktgruppe aus vorbildlich
bewirtschafteten Wäldern und
anderen kontrollierten Herkünften

Zert.-Nr. GFA-COC-001278
www.fsc.org
© 1996 Forest Stewardship Council

Verlagsgruppe Random House FSC-DEU-0100
Das für dieses Buch verwendete FSC-zertifizierte Papier
Munken Premium liefert Arctic Paper Munkedals AB, Schweden.

1. Auflage

Satz: Uhl + Massopust, Aalen
Druck und Bindung: CPI – Ebner & Spiegel, Ulm
Printed in Germany
ISBN 978-3-442-31217-7

www.goldmann-verlag.de

Inhalt

Prolog

Wer immer zu einer Verabredung rennt, die dann exakt eine Stunde dauert, wer immer stundenlang das Telefon bewacht, weil es nicht läuten will, wer immer sich im Takt zu Bruce Springsteen in den Hüften wiegt, obwohl er Country-Rock eigentlich nicht mag, wer immer zum tausendsten Mal Schluss macht und sich zehn Minuten später heulend entschuldigt, wer immer morgens alleine aufwacht, das ist die Geliebte.

Die Geliebte, das war ich. Die andere war seine Ehefrau. Mit ihr frühstückte er vor dem Büro Müsli und Tee, wir riefen nach der Liebe den Pizzaservice. Mit ihr feierte er Weihnachten und Silvester, mir legte er schweigend Ohrringe von Swarovski hin. Mit ihr und den Kindern fuhr er nach Frankreich in den Urlaub, wir teilten zuweilen auf seinen Geschäftsreisen ein Hotelbett. Zu keiner von seinen Partys wurde ich eingeladen und auch nicht zu seinem Geburtstag; zur Beerdigung seiner Mutter ging er sowieso ohne mich. Ich hatte sie einmal kennengelernt, eine kleine freundliche Frau mit seinen Augen. Sie hatte der jungen »Kollegin« ihres Sohnes zum Abschied freundlich die Hand geschüttelt. Offiziell existierte ich nicht, aber in seinen Armen gab es nur mich.

Die Exerzitien unserer Sünden in ihrer streng geregelten Abfolge: zuerst die Tage und Stunden der sich steigernden Erwartung. Der Akt selbst – ein kurzer, vergänglicher Rausch. Die unmittelbar einsetzende Reue konnte nur durch die nahende Trennung geläutert werden. Je unmöglicher uns unsere Liebe erschien, desto größer und reiner war der Ritus unserer Abschiede: Niemals waren wir uns näher als kurz bevor wir auseinandergingen, denn es schien für immer und ewig zu sein. Der vorvorletzte Kuss, der vorletzte, der endgültig letzte – dann gaben wir uns noch einem kurzen Moment der Sammlung hin, ehe wir uns voneinander lösten. Während wir uns langsam entfernten, drehten wir uns nacheinander um, wobei es darauf ankam zu fühlen, wann der andere es auch tat, um noch einen Blick zu erhaschen und als Erinnerung mit sich zu nehmen.

Damals hatte ich immer jede Menge Kleingeld in der Handtasche. Die Münzen brauchte ich, wenn ich unterwegs war, denn ohne miteinander sprechen zu können, waren wir nichts. Von allen Inszenierungen der Heimlichkeit war das Telefon die köstlichste. Wir suchten einander, wenn wir uns einsam fühlten. Wenn wir glücklich waren, riefen wir an, und wenn wir uns gerade langweilten. Manchmal weinten wir zusammen über die Aussichtslosigkeit unserer Lage, oder wir lasen uns gegenseitig Gedichte vor. Lief bei dem einen Musik, wurde auf volle Lautstärke gedreht, damit es der andere mitbekam. Unsere Hymnen hießen »Stop Making Sense« von den Talking Heads oder »I Remember You« von den Pretenders. Wir liebkosten uns von ferne und gingen noch einmal jede Einzelheit unserer letzten Begegnung durch. Dabei kannten wir weder Hemmung noch Verlegenheit noch Lüge. Ein Gesicht kann uns täuschen, die Stimme nie. Wir stritten und glaubten, es sei für immer, wenn wir den Hörer einschmissen. Und nie waren wir verzweifelter, als wenn wir dem nicht enden wollenden Summen des Freizeichens lauschten, weil der andere nicht abnahm.

Vermutlich gab es keinen öffentlichen Fernsprecher in der Innenstadt, den ich nicht kannte. Seine Kanzleinummer wusste ich sowieso auswendig, die Nummer von zu Hause auch, aber dort durfte ich keinesfalls anrufen. Einmal hielt ich es vor Sehnsucht nicht mehr aus. Er meldete sich und sagte mit einer Stimme, die nach Lüge klang: »Falsch verbunden.« Danach hängte er ein. Ich versuchte es nicht noch einmal.

Ich sage »wir« und spreche von »uns«, weil es die Grammatik nun einmal so will, aber eigentlich sollte eine Geliebte die erste Person Plural aus der Konjugation streichen. Sätze, die andere Paare gedankenlos von sich gaben: »Wir fahren in den Urlaub. Wir haben uns ein neues Auto gekauft. Wir essen immer um sieben Uhr zu Abend«, klangen in meinen Ohren wie die Nachrichten aus einer anderen Welt, zu der ich schon längst die Verbindung verloren hatte. Wir hatten keinen gemeinsamen Besitz, wussten kaum, wie die Wohnung des anderen eingerichtet war, hatten keine gemeinsamen Freunde. Wir hatten nur uns. Dennoch war es viel, was wir teilten, erst die zusammen verbrachte Zeit, später die Erinnerungen. Sie erfüllten die Welt viel deutlicher mit den Zeichen unserer Verbindung als es ein BMW oder ein Aktiendepot je gekonnt hätte oder die Möbel und das Geschirr, worum sich verheiratete Paare bei der Trennung streiten.

Wir begnügten uns damit, aufeinander zu warten, an Plätzen, an Bahnsteigen, in Cafés, in Museen, bis die ersehnte Gestalt des anderen endlich auftauchte. Wir hatten die Stille des sonntäglich leeren Büros, wenn wir uns hastig übereinander hermachten, und wir suchten die Dunkelheit der Kinos. Die Vorsehung schien es gut mit uns zu meinen, denn sie führte uns immer wieder zusammen. Aber von allen Zufluchtsstätten, die wir hatten, war es die Natur, die uns rettete. Jeder braucht einen heiligen Ort, wo er der Wahrheit am nächsten ist: Wir hatten die Isar. Der bayerische Bergfluss mit seinem eiskalten grünlichen Wasser, die von der Sonne glühenden Kiesbänke mit dem gigantischen Panorama der Alpen ergaben die mythische Kulisse unseres Glücks und unserer Schmerzen. Wir hatten bald entdeckt, dass wir beide Rennrad fuhren, und schnell wurden die gemeinsamen Fahrten in das sanft gewellte Alpenvorland zum Brennpunkt unserer Sehnsucht. Alles, was uns sonst an Gemeinsamkeit versagt war, zwischen den Kiefern der Isarauwälder lebten wir es aus.

Ich weiß nicht, wie du das aushältst, sagte eine Freundin zu mir – aber ich hatte keine Antwort darauf. Ich litt, aber ich war glücklich. Es war nicht Eifersucht, was ich spürte, wenn ich an seine Frau dachte, ebenso wenig wie man auf das Wetter eifersüchtig sein kann oder auf eine Landschaft. Für mich war es Schicksal, dass es sie gab. Das Leben ist nicht gerecht. Es war die Tragik unserer Liebe, dass wir das Glück mit Schmerz erkauften. Doch genau das gab unserer Leidenschaft ihre einzigartige Glut.

Wie bin ich eine Geliebte geworden? Schon die Frage ist falsch gestellt. Für mich muss sie heißen: Wie bin ich seine Geliebte geworden? Die Antwort ist einfach: Er hat mich gefunden. Später dachten wir häufig an das Wunder des Anfangs zurück. Schon Monate vor unserer ersten Begegnung war für ihn in den verschiedensten Zusammenhängen immer wieder der Name der Buchhandlung aufgetaucht, in der ich damals arbeitete. Gerade so, als wollte das Schicksal ihn mit geheimnisvollen Fingerzeigen im Voraus auf mich aufmerksam machen. Deshalb wusste er sofort, dass ich es war, als er eines Morgens auf der Suche nach seltenen Büchern in unseren Laden kam und ich wie eine Erscheinung vor ihm stand. Es war uns bestimmt, einander zu begegnen, damit rechtfertigten wir, warum wir trotz aller Schmerzen nicht voneinander ließen.

Geliebte wird man nicht, zur Geliebten ist man bestimmt. Damit meine ich nicht die Büroaffären, nicht die einsamen Frauen, die sich zwischen Ehefrau und Ehemann drängen, auch nicht die Singles, die es darauf anlegen, ihrer besten Freundin den Mann auszuspannen. Geliebte zu sein ist für sie nur das Durchgangsstadium auf dem Weg in eine feste Beziehung. Erfüllt sich diese Hoffnung nicht, bleibt ihnen nur das traurige Los der Nebenbuhlerin, der ewig wartenden Zweiten.

Was aber ist mit den Frauen, die sich nehmen, was sie brauchen, keinen Ehemann, sondern einen Liebhaber. Die gegen alle Konventionen gewillt sind, eine gestohlene Liebe auszuleben und dafür auf Erfüllung und ein gemeinsames Leben verzichten. Gibt es diese selbstbestimmten Frauen wirklich? Und wer sind sie?

Ein durchschnittlicher Mann, dem man das Foto irgendeiner Mädchenklasse mit der Bitte vorlegt, er solle die Attraktivste darauf herausfinden, würde vielleicht nicht unbedingt diejenige wählen, die einmal eine souveräne Geliebte sein wird. Aber da sind immer ein oder zwei, die irgendwie für sich zu stehen scheinen. Das ist gut so, wenn sie sich frühzeitig an das Abseits gewöhnen, denn der Preis für die verbotene Liebe ist die Einsamkeit. An ihr leiden die Geliebten mehr als an der Eifersucht. Diese Mädchen sind selbstbewusst, es scheint sie nicht zu interessieren, dass sie fotografiert werden. Gekonnt halten sie den Kopf in einem anderen Winkel als ihre Mitschülerinnen. Sie wirken höchst anziehend, wahrscheinlich durch die gebräunte Rundung ihrer Wangen, den blonden Flaum auf den Unterarmen, den feuchten Schimmer der Augen. Aber all das gibt deren Person nicht preis. Im Gegenteil: Ihre Gesichter sind eine leere Fläche, in die man alles hineinlesen kann, auch das Verlangen.

Für dieses Verlangen war ich damals bereit gewesen, alles aufzugeben. Ich war keine weise Geliebte, die es versteht, sich in die Gegebenheiten zu schicken und aus der Ungebundenheit Vorteile zu ziehen. Meine Geschichte ist die Geschichte einer *Amour fou*, einer verrückten Liebe. Aber trotzdem – oder genau deswegen – eine Ermutigung, die Liebe, solange wir sie fühlen, mit aller Entschlossenheit zu umarmen.

Prophezeiung

1

Meistens komme ich zu spät. Nicht mit Absicht, sondern es liegt in der Natur der Dinge. Schließlich gehöre ich zu den Menschen, die ständig alles aufschieben. Die Psychologie hat sogar einen Namen für sie geprägt: die Prokrastinierer. Sie werden abgelehnt, weil sie sämtliche Fristen versäumen, ihre Schlüssel verlegen und lästige Telefonate nicht erledigen. Doch eigentlich ist das nur ein Missverständnis. Denn chronische Aufschieber gehören in meinen Augen zu den am meisten verkannten Geschöpfen überhaupt. In Wahrheit sind sie Perfektionisten, und Perfektionisten sind die letzten Romantiker, die es noch gibt. In unserer durchgeplanten Welt sind sie die einzigen Menschen, die dem Zufall noch Raum lassen. Mit dem sicheren Instinkt des potenziellen Versagers wissen sie, dass es sich ohnehin nicht lohnt, sich etwas vorzunehmen, weil die Vorsehung ihre Pläne weit besser für sie erledigt.

Manchmal trennen uns nur Sekunden vom Nichts. Beinahe hätte ich damals meine Verabredung mit dem Schicksal verpasst, aber in Wirklichkeit kam ich im genau richtigen Moment. Wäre es früher gewesen, hätte er mich vielleicht gar nicht bemerkt, und später hätten wir uns verfehlt. So aber wurde in einer unvergesslichen Begegnung unsere Liebe geboren. Im unablässigen Rauschen der Normalität bringt erst der Zufall die Dinge zum Leuchten.

An jenem nun schon so fernen Morgen hatte mein zukünftiger Geliebter bereits eine ganze Weile vergeblich vor unserer Buchhandlung herumgestanden. (Ich kann ihn mir noch heute genau vorstellen, wie er immer wieder auf die Uhr schaut, die Stirn runzelt und dabei ungeduldig von einem Fuß auf den anderen tritt.) In Vorwegnahme aller Warteszenen, die noch folgen werden, inspizierte er sorgfältig, aber ahnungslos den ziemlich schäbigen Schauplatz unserer zukünftigen Leidenschaft, studierte die Plakate in den Schaufenstern und musterte die Auslagen. Es schien niemand Lust zu haben, den Laden aufzumachen. Er wollte gerade wieder gehen, als ich mit jener Präzision, die nur das Schicksal kennt, auf meinem roten Peugeotrad – nagelneu mit Siebengangschaltung – um die Ecke gejagt kam, mitten hinein in sein Leben. Es war an einem Samstag, Schlag zehn, wie die Uhr am alten Schwabinger Nordfriedhof scheppernd verkündete.

Er hatte mich vorher noch nie gesehen, trotzdem erkannte er mich sofort. Noch ziemlich außer Atem stand die Frau vor ihm, auf die er schon immer gewartet hatte. Sein Körper reagierte zuerst, eine warme Schockwelle stieg in ihm hoch und breitete sich bis in die Extremitäten aus. Er war verheiratet und hatte bestimmt nicht vor, daran etwas zu ändern, doch von diesem Augenblick an glaubte er, nicht mehr ohne mich sein zu können.

Als wir uns besser kannten, gestand er mir einmal seine ersten Empfindungen. Sie erstaunten mich nicht. Denn auch ich hatte ja längst geahnt, dass er irgendwann auftauchen würde.

Es gab Zeichen: »Du bist schön«, sagten die Leute plötzlich zu mir, als hätten sie es gerade erst entdeckt. Ich wusste es besser, ich war nie schön. Dennoch gab es etwas an mir, was andere Menschen herausforderte. In ihren Augen war ich immer einen kleinen, aber entscheidenden Schritt von der Vollkommenheit entfernt. Das wirkte auf meine Umwelt wie eine Provokation. Besonders deshalb, weil es mir eigentlich egal war. Meine Indifferenz war die ideale Projektionsfläche für ihre Wünsche. Ständig mischte sich irgendjemand in meine Entscheidungen ein. Ungefragt erhielt ich Ratschläge, die meine Frisur betrafen oder die Farben, die mir angeblich am besten standen. Ich tat so, als beträfe es mich gar nicht, anders konnte ich mich nicht wehren. Das führte oft zu Missverständnissen. Besonders Männer verwechselten meine Passivität häufig mit Hingabe. Doch seit kurzem hatte mein Gesichtsausdruck sich verändert und seine ursprüngliche Vagheit verloren. In meinen Zügen lag etwas Neues, ein Versprechen. Alle konnten es sehen. Ehe wir überhaupt voneinander wussten, nahm mein Gesicht unsere Leidenschaft schon vorweg.

Ich weiß nicht mehr genau, was mich dazu bewegte, folgenden Satz niederzuschreiben: »Dieser Sommer ist unvergleichlich.« Ich führte Tagebuch und notierte unregelmäßig, was mir irgendwie wichtig erschien. Ich erinnere mich, dass mein Enthusiasmus nichts mit dem Wetter zu tun gehabt haben kann. Es regnete ständig. Nach der außerordentlichen Wärme des Vorjahrs hatte man diesmal bereits im Juni das Gefühl, um die schönste Zeit des Jahres betrogen worden zu sein. Trotzdem war ich in Hochstimmung.

Aber die Vorsehung musste noch etwas deutlicher werden, ehe ich mich von ihr betören ließ. Mit dem ganzen

Pathos, den das Leben an sich hat, wenn es richtig ernst wird, erschien mir eines Tages im Traum ein Außerirdischer in silberner Rüstung. Vielleicht war es ein Engel, der auf die Erde gekommen war, um ausgerechnet in unserer kleinen Buchhandlung nach seltenen Erstausgaben zu suchen? Beim Aufwachen hinterließ der Unbekannte ein helles Nachbild auf meiner Netzhaut, das sich nur allmählich im Altgold eines Augustnachmittags des Jahres 1984 auflöste. Ich lag noch lange auf dem Bett und sah dem Spätsommertag beim Sterben zu. Niemand hätte mir geglaubt, wenn ich von meinem Engel erzählt hätte, also sagte ich nichts. Aber ich könnte nicht behaupten, ich wäre nicht rechtzeitig gewarnt worden.

2

Damals waren alle noch da. Die ganze Bande aus der Buchhandlung war vollzählig und noch nicht dezimiert von Aids, von Krebs, vom Alkohol und kaputten Beziehungen. Als Jüngste der Crew war ich zuletzt dazugestoßen, und vielleicht hoffte ich auch deswegen am stärksten, dass sich niemals etwas ändern würde. Kein Unglück, nichts Böses würde uns jemals erreichen, wenn wir nur alle zusammenblieben in unserem Laden, wo tatsächlich sich auch ab und zu jemand sehen ließ, um uns ein Buch abzukaufen. Die meisten unserer Kunden gingen sowieso aus ganz anderen Gründen zu uns. Der Laden brachte sie zum Träumen. Sie kamen vorbei, wenn sie einsam waren und nicht alleine sein wollten. Wenn sie nicht wussten, was lief, tauchten sie auf, aber umgekehrt auch, weil sie meinten, sie müssten uns informieren. Dieser Service war kostenlos. Die meiste Zeit saßen wir herum, diskutierten und tranken literweise starken Kaffee dazu. Auch wenn bei uns immer viel los war, Umsatz machten wir wenig. Den meisten genügte es, die Bücher anzuschauen und sich an den anspruchsvollen Titeln zu freuen, um sich danach wie bessere Menschen zu fühlen.

Mir selbst war es ja nicht anders ergangen. Was mich am Anfang in den Laden gelockt hatte, war der schöne blonde Junge gewesen, der immer an der Kasse saß. Oft legte er dabei die Füße hoch. Die Schuhe hatte er vorher abgestreift. Der linke Sortimentsbuchhandel brachte schon damals zu wenig ein, deshalb wurde im Kollektiv beschlossen, das Angebot zu erweitern und künftig auch antiquarische Bücher hinzuzunehmen. Das passte am Anfang nicht jedem. Meinem Schwarm anscheinend am wenigsten. Er trug trotzigen Widerstand zu Schau. Mir imponierte, mit wie viel Verachtung für alles Gedruckte er die gebrauchten Bände – meistens waren es gut gemeinte Sachspenden – in die Kisten für den Wiederverkauf schmiss und trotzdem von den Genossen als eine Art Maskottchen geduldet und durchgefüttert wurde. Statt mit ihm ging ich dann eine Romanze mit dem Laden ein. Sie währte so lange, bis mir die Bücher doch noch zur großen Liebe verhalfen.

Gute Buchhändler wissen natürlich, dass sie mit ganz anderen Dingen handeln als mit Waren. Sie bieten Optionen an, halten geschickt die Vorfreude auf zukünftige Lektüren am Laufen, ungeachtet der nicht gelesenen Stapel auf dem Nachttisch am Bett.

Auch wenn unser Buchladen äußerlich wie ein Überbleibsel aus den bewegten siebziger Jahren wirkte, wie ein

Anachronismus, der sich trotz eines permanent überzogenen Geschäftskontos irgendwie über die Zeit gerettet hatte, war er in Wirklichkeit viel mehr. Es handelte sich um eine Zufluchtsstätte, denn es war ein Ort, an dem die Zeit viel langsamer verging als anderswo.

Man kann sich die Chance ausrechnen, dass sich einer wie er in diese entlegene Ecke von München verirrte, wo wir damals den Laden betrieben: Sie ist winzig. Mit »einer wie er« meine ich diese Art Stresstypen, die eine Bugwelle aus Selbstsicherheit vor sich herschieben, wenn sie einen Raum betreten, sodass man sie unmöglich übersehen kann. Auch wenn ich der Bügelfalte in seinen Jeans und seinen gestreiften Hemden eigentlich misstraute, beeindruckte mich trotzdem deren unübersehbar teure Qualität. In puncto Lässigkeit war ich nur allzu bereit, mich dadurch täuschen zu lassen, dass das Leder seines schweren Gürtels vom vielen Tragen speckig war. Er dagegen staunte über die behelfsmäßige Architektur aus alten Pappkartons, in denen wir draußen die Ramschbücher anboten, und über unsere sonderbaren Themenfenster, die sich mit Tod und Selbstmord oder Anarchismus befassten. An einem solchen Ort hätte er seine Traumfrau niemals vermutet. In seinen Augen war es wenig mehr als eine zweitrangige Vorstadtbuchhandlung, die wohl kaum einen zweiten Besuch gelohnt hätte, wäre da nicht dieses blasse Mädchen mit einem viel zu großen Mund gewesen.

Es waren die letzten Jahre der alten Bundesrepublik, im Rückblick eine goldene Zeit ohne echte materielle Sorgen. Wir hatten vielleicht wenig Geld, aber wir waren auch niemals richtig pleite. Denn es gab stets irgendeinen geduldigen Genossen, der sich – meistens aus schlechtem Gewissen, weil er durch einen Unijob oder Ähnliches alimentiert war – bereit erklärte, frische »Kohle bei uns zu investieren«. Und wenn wir uns auch – gemessen an anderen – in Konsumverzicht üben mussten, konnten wir das immer noch für persönliche Freiheit halten. Selbst wenn wir Außenseiter waren, bei Licht betrachtet ging es uns gar nicht so schlecht. Aber nicht deswegen hatten wir es schon fast wieder aufgegeben, die Welt da draußen, außerhalb unseres kleinen vertrauten Mikrokosmos, das »System« oder sogar das »Schweinesystem« zu nennen. Letzteres kam eigentlich nur noch vor, wenn wir die Gesellschaft besonders krank fanden. Wir hatten die »herrschende Ordnung« kritisiert, wir hatten sie in alle ihre Seinszustände analysiert, unsere Bücher, die wir anboten, hatten die patriarchale Herrschaft angeprangert, die Herrschaft des Kapitals, die Unterdrückung der Frauen und sämtlicher Minderheiten. Aber nichts war geschehen, nichts hatte sich dadurch geändert. Zurückgeblieben war ein wehmütiger Ort der nicht gelebten Hoffnungen, ein Schattenreich der gescheiterten Weltverbesserer. Sie waren im Alphabet unserer links-libertären Heroen vertreten: Adorno, Bakunin, Benjamin, Marcuse, Marx, Zetkin. In unserem Übereifer haben wir auch gefehlt und Lenin sowie andere Diktatoren in die Galerie unserer Vorbilder eingereiht.

Ich kann nur jedem raten, darauf zu achten, welche Erinnerungen er sich antut, wenn er an gewissen Plätzen seine Zeit verbringt. Die Ladeneinrichtung der Buchhandlung war absolut unspektakulär und gerade deswegen so vielsagend. Sie hatte den leicht verwitterten Charme einer provisorischen Lebensform, deren Grundstock die Studentenbewegung der sechziger Jahre war. Der Laden tapezierte meine Seele gleichsam mit staubigen, anthrazitgrauen Teppichfliesen, die bei jedem Schritt elektrostatisch knisterten. In den Regalschluchten waren die Wälder vielfarbiger Buchrücken vom Vergessen überwuchert wie von einer Schlingpflanze. Die Bände waren so eng in die Fächer gepresst, dass kein Finger dazwischenpasste. Dafür war der unverkäufliche Bodensatz unserer Gesinnung längst von der Steuer abgeschrieben. In exponierter Position über dem niedrigen Kaffeetisch erinnerte das kleine Foto von Ulrike (Meinhof) mit ihren traurigen Augen an die vielen sinnlosen Opfer für eine aussichtslose Sache. Die Deutung der Notizen auf der Schreibunterlage an der Kasse wäre heute eine Angelegenheit für Semiotiker. Sie ätzten in mein Gedächtnis unauslöschliche Spuren von hingekritzelten Telefonnummern, Nebenrechnungen und Strichmännchen ein. Ein wirres Palimpsest unserer Hoffnungen, unserer Vorhaben und unserer Täuschungen in meiner Schrift und in den Schriften der anderen Mitglieder meiner sonderbaren Patchworkfamilie aus gescheiterten Soziologen, Lehrerinnen, Medizinern und einem Metallbauer – sogar eine Exschneiderin war dabei. Sie alle hatten sich in diese baumlose Nebenstraße zurückgezogen, um sich gemeinsam vor den Härten des Lebens zu verstecken.

Wir kannten einander besser, als uns unsere Eltern jemals gekannt hatten – und besser als unsere jeweiligen Beziehungen, wie wir sonderbar distanziert »unsere Lieben« nannten. Zwischen uns herrschte eine Nähe, die weit über das Übliche zwischen Kollegen hinausging. Auch die kennen Intimitäten und wissen, ob jemand die letzte Nacht Sex gehabt hatte oder zu viel trank. Wir aber teilten Geld, Besitz und Freunde. Wir registrierten unsere ersten Falten und beobachteten einander dabei, wie wir allmählich an den Hüften zulegten. Mancher wurde noch mit über dreißig von seinen Eltern unterstützt. Wir wussten von jedem im Voraus, welche Ausreden er benutzen würde, wenn er eine Kundenbestellung vergessen hatte, und konnten im Chor die Pointen seiner besten Witze aufsagen. Unter uns herrschte eine Intimität, die sich erst dann ergibt, wenn man weiß, wovor der andere Angst und was er im Leben nicht hinbekommen hat. Nichts bringt einen einander näher.

Natürlich hatte ich auch eine beste Freundin in einer der Ladenfrauen gefunden. Susanne war nicht alt, aber schon in der Mitte der dritten Lebensdekade, die ich noch nicht erreicht hatte. Sie trug Pony und gefiel sich mit den schaukelnden Ohrgehängen der Sechziger. Die Männer fürchteten sich vor dem Lärm ihres Staubsaugers, mit dem sie vergeblich versuchte, den grauen Teppichboden sauber zu halten, und ihrem Organisationstalent. Sie nannten sie heimlich »die Ladenmama«. Im Spätwinter, wenn alle längst den matschigen Schnee und die Kälte satt hatten, kaufte sie gern große buschige Sträuße Mimosen, deren fröhliches Gelb so munter mit ihrem schwarzen Haar kontrastierte.

Wenn das Los einer Geliebten Einsamkeit ist, so brauchen sie dennoch Getreue, die ihre Wege bewachen. Susanne war diejenige, die mich vor den anderen in Schutz nahm, wenn ich mal wieder den Ladendienst schwänzte, um mit ihm zusammen zu sein. Sie rettete mich auch, als unversehens ein uralter Verehrer auftauchte, während mein Geliebter mich gerade im Laden besuchte. Aber noch öfter rettete sie mich vor meiner Verzweiflung.

3

Weder mit der Buchhandlung noch mit dem Antiquariat ließen sich Gewinne machen. Über einen langen Zeitraum hinweg hatte sich unsere Unfähigkeit zu wirtschaften sehr gut mit dem Geist rechtfertigen lassen, der angeblich in den Büchern steckte. Tapfer proklamierten wir, dass wir uns den Glauben nicht nehmen lassen, dass Wörter und Sätze etwas mit der Wirklichkeit zu tun haben, nahmen Nebenjobs an und borgten uns von irgendwem Geld. Aber irgendwie glichen wir dabei mehr und mehr einem versprengten Häuflein Aufrechter, die sich mit lauter Stimme gegenseitig Mut machten, weil sie sich in einem verwirrenden Wald von Texten verirrt hatten. Die Tatsache ließ sich einfach nicht mehr verdrängen: Welchen Titel wir auch immer bestellten, wir lagen immer falsch damit; die Kunden verlangten unter Garantie nach einem ganz anderen Buch.

Die ersten deutlichen Risse zeigten sich auf einer unserer wöchentlichen Sitzungen. Sie ging in die Annalen ein, weil unser bärtiger Ladengründer – er hatte sein gesamtes Erbe in das Projekt investiert – heulend nachgeben musste und wir trotz seiner Proteste den Fantasy-Bestseller *Die Nebel von Avalon* ins Sortiment aufnahmen, gewissermaßen als kleine Verneigung vor allen den Mond anbetenden Feministinnen, die damals in der Szene ihre große Zeit hatten. Wir hatten uns eine wilde Redeschlacht geliefert, bei der es im Kern darum ging, ob Gewinnstreben und richtiges Bewusstsein einander ausschlossen. Die Gegenfraktion wurde von unserem Antiquar angeführt, der mit hochrotem Kopf brüllte, er wolle später nicht zum Sozialschrott gehören, er habe einfach keine Lust mehr, sich dauernd dafür rechtfertigen zu müssen, dass er Kohle brauche. Wir sollten endlich damit aufhören, uns wie nette Linke zu verhalten. Das seien die Schlimmsten von allen.

Seine Verzweiflung löste in mir eine unerklärliche Abwehr aus, so als hätte jemand etwas mir sehr Liebes beschmutzt. Einigermaßen verstört traten wir anschließend in den dunklen Abend hinaus, mit dem Gefühl, die Zeitenwende sei angebrochen. Obwohl der Ladengründer als Dienstältester an dem Gedanken hing, dass es irgendwo da draußen ein Publikum gab, das sich für Großprojekte der Literaturwissenschaft wie die Theorie der Fußnote oder das *Grimmsche Wörterbuch* interessierte, wanderten diese Bücher, mit denen er eine ganze Regalwand gepflastert hatte, wegen ihrer Unverkäuflichkeit in unser modernes Antiquariat. Wir hatten einfach kein Talent für das Ökonomische.

Von alldem hatte *er* natürlich damals keine Ahnung. Aber die gebieterische Art, mit der er in meinem Leben einschwebte, hatte durchaus etwas von der Landung einer außerirdischen Intelligenz, die sich bereit macht, einen fremden Planeten einzunehmen. Wie es mein Traum prophezeit hatte, war er an jenem Morgen tatsächlich deswegen gekommen, um nach Erstausgaben zu stöbern. Was für ihn nicht vorhersehbar war – dass er stattdessen über mich stolpern würde. Danach war nichts mehr wie zuvor.

Er und ich. Ich, chronisch unpünktlich wie alle wahren Rebellen, er, chronisch unter Druck wie alle wahren Helden. Er vertraute Regeln, ich fürchtete sie. Aber meine Angst vor Konventionen war ja eigentlich nur die Nachtseite seines Perfektionismus. Wir strebten beide nach Vollkommenheit, darin waren wir uns gleich. Genauso wie wir an die Bedeutung von Zeichen glaubten. Wahrscheinlich hatten er und ich deshalb von Anfang an das sichere Gefühl gehabt, es sei uns bestimmt, einander zu begegnen.

An diesem Morgen allerdings sehnte er sich vergeblich nach einem Zeichen von seinem neuen Schwarm. Sie hatte ihr undurchdringlichstes Gesicht aufgesetzt und würdigte ihn kaum eines Blicks. Scherzhaft warf er mir später manchmal vor, was für eine kühle, abweisende Braut ich anfangs doch gewesen sei. Stattdessen machte er sich daran, seine wegen ihrer Verspätung hektisch um Schadensbegrenzung bemühte Bücherqueen einer eingehenderen Musterung zu unterziehen. Heimlich, versteht sich. Er konnte dabei so tun, als blättere er angelegentlich in einem Buch.

Mit scharfem Blick sah er mir an, was ich glaubte längst hinter mir gelassen zu haben: die höhere Tochter, die sich aus einem weißen Haus in der Vorstadt in die Szene verirrt hatte. Meine äußere Aufmachung hielt er lediglich für Tarnung, die spitzen Stiefel und die schwarze Lederhose für austauschbare Accessoires des Widerstands, die er mir ganz leicht würde ausreden können. Trotzdem fand er sie anbetungswürdig, weil ihn ihre Geschmacklosigkeit entwaffnete.

So viel zu jenem denkwürdigen Vormittag. Von mir kaum beachtet, das muss der Ordnung halber festgehalten werden, würde er dennoch wiederkommen – und der Grund war ich und nicht die Tatsache, dass er bei seinem ersten Besuch nicht einmal bis in das Allerheiligste des Ladens vorgedrungen war.

Das Allerheiligste, das war eine abschließbare Vitrine, die sich hinten im Lager befand. Nur Eingeweihte wussten, dass dort eine Sammlung der kostbarsten Erstausgaben aufbewahrt wurde, um ihre Herkunft und um ihren Wert rankten sich viele lieb gewordene Mythen. In dem zugegebenermaßen manchmal doch recht eintönigen Alltag eines Buchhändlers war die Jagd nach Raritäten eine höchst willkommene Abwechslung. Es war unsere sehr spezielle Art und Weise, auf einen Sechser im Lotto zu tippen. An keiner Wühlkiste konnte ich damals vorbeigehen, ohne einen Wimpernschlag lang zu hoffen, ich würde vielleicht doch noch die legendäre petrolblaue Erstausgabe von Elias Canettis Roman *Die Blendung* finden.

Das wäre ein Abenteuer ganz nach meinem Geschmack gewesen. Dem Antiquar allerdings hatte meine Begeisterung nur ein müdes Lächeln entlockt. Davon abgesehen, dass keiner es gern hat, wenn ein Fremder versucht in seinem Revier zu wildern, hörte ich echte Fürsorge aus seinen Worten. »Verschwende deine Zeit nicht im Laden. Du bist viel zu jung, um dich hier einzumauern.« Auf einer nicht leicht zu ortenden Ebene verband uns so etwas wie Zuneigung. Frühzeitig kahl geworden, mit durch eine Brille dick wie Flaschenböden beunruhigend winzig wirkenden Äuglein, die tief in einem runden Bauerngesicht lagen, sprach er sonst nur selten ein Wort. Er begnügte sich meistens damit, die Kunden mit einer verächtlichen Miene einzuschüchtern. Unter seinem Schreibtisch hortete er zahllose Pappschachteln, jeweils mit der Aufschrift »Agenda«, und niemand außer ihm durfte wissen, was eigentlich so dringend »zu tun« war.

Einmal hielten Susanne und ich es nicht mehr aus und durchstöberten heimlich seine Kisten. Kichernd öffneten wir die Deckel – und erschraken über die eingetrockneten Sedimente aus alten Prospekten und vergilbten Notizzetteln, alle trugen einzig denselben Vermerk: »Agenda«. Wir ersparten uns zu entziffern, was er sich wohl vorgenommen und nie erledigt hatte.

Wer mit Büchern umgeht, weiß, dass sie unmäßig sind, sich ständig ausdehnen und alles überwuchern, wenn man ihrer Macht nicht energisch entgegentritt. Der Antiquar war diesem Zauber längst erlegen. Es ging das Gerücht, dass er auf den sechzig Quadratmetern, auf denen er lebte, über 30 000 Erstausgaben hortete und er seine Dreizimmerwohnung wegen Einsturzgefahr räumen sollte. Er redete nicht darüber, der Antiquar redete niemals von sich selbst. Was er dachte, zeigte er lieber mit seinen Büchern.

Mein Geliebter verehrte den Schriftsteller Peter Weiss – und machte später den Fehler, den Antiquar ohne Umschweife nach einer bestimmten Erstausgabe zu fragen. Er bekam keine Antwort. Ohne es zu wissen hatte er die ungeschriebenen Verhandlungsregeln verletzt, und es dauerte, bis er wieder eine Gelegenheit erhielt, seinen Wunsch zu äußern.

Man musste nämlich einen günstigen Moment abpassen. Zum Beispiel, wenn der Antiquar im Feinschmeckerimbiss »Garibaldi« ein paar Gläschen Pinot Grigio getrunken hatte. Dann geriet er irgendwie in Stimmung und wurde ungewöhnlich redselig. Es konnte sogar passieren, dass er sich dazu herabließ, den einen oder anderen Namen des einen oder anderen seiner Lieblingsautoren vor sich hin zu knurren. Die Eröffnung machte im Allgemeinen der von ihm überaus geschätzte Dichter Paul Celan. Wer den Antiquar kannte, wusste, dass er jetzt Ingeborg Bachmann erwähnen musste, um zu beweisen, dass er sich auskannte. Dann konnte er vielleicht Glück haben und der Antiquar schloss die Tür seiner Schatzkammer auf, um triumphierend seine neuesten Funde vorzuzeigen.

Unschuld

1

Auch Wochen später hatten wir uns noch immer nicht vorgestellt. Er vermied eine direkte Anrede, was wahrscheinlich der Unsicherheit zuzuschreiben war, ob wir »du« oder »Sie« sagen sollten. Außerdem wollte mein zukünftiger Geliebter unbedingt den Eindruck vermeiden, dass er wie so einige andere das unübersichtliche Dickicht aus guten Vorsätzen und unvollendeten Projekten als eine Aufforderung fehlinterpretiert hätte, gleich alle zu duzen. Es war eine Art Grundmissverständnis des bei uns vorherrschenden Sympathisantentums, dass sich viele unserer Kunden entschieden mehr herausnahmen als anderswo. In der Praxis bedeutete das, man konnte im Laden Zeitung lesen, rauchen, herumpöbeln und musste seine Rechnungen trotzdem nicht gleich bezahlen.

Er zeigte sich jetzt regelmäßig, meistens freitags, pünktlich kurz vor Feierabend. Der Tag schien mir lang, während ich auf sein Auftauchen wartete. Und ließ er sich einmal nicht blicken, war alles irgendwie zu Ende, weil ich sofort glaubte, er käme nie wieder. Statt dass mich seine festen Gewohnheiten misstrauisch machten, gefielen sie mir. Ich bemerkte seine schlanken, braunen Hände und das Geldbündel in seinem Portemonnaie, wenn er einen ganzen Stapel Bücher auf einmal bezahlte. Er kaufte ohne zu zögern, wozu auch immer ich ihm riet. Manchmal schlug meine Stimmung plötzlich um, und ich ärgerte mich über seine Großspurigkeit und fand sein Verhalten peinlich. Um ihn zu strafen, kassierte ich schweigend, dann warf er mir einen fragenden Blick zu und verschwand fluchtartig, was mir sofort leidtat. Es bedrückte mich, dass man ihn so leicht enttäuschen konnte.

Das ganze Hin und Her blieb den anderen nicht verborgen, ihre Reaktionen waren zwiespältig. »Du mit deinem reichen Verehrer«, hieß es bald. »Was willst du eigentlich mit dem?« Aber über den Umsatz waren sie trotzdem froh.

Besonders misstrauisch war unser Ladengründer, der sich immer als Gralswächter der linken Ideologie gebärden musste. Auch der Mehrumsatz stimmte ihn keineswegs glücklich. »Seine Masche ist doch ganz klar«, meckerte er. »Der kommt hierher, schmeißt mit Geld um sich, aber eigentlich will er nur eine Frau abschleppen. Und darauf fällst du rein.«

Sie fanden mich bürgerlich, na und! Es interessierte mich nicht. Ich genoss es, dass da ein älterer Mann war, der sich für mich interessierte. Ohne dass ich es bemerkte, hatte er mich in ein Spiel eingesponnen, dessen langfristiges Ziel es war, mich diesem für ihn irgendwie prekären Ort zu entfremden, an dem er mich so überraschend gefunden hatte. Mit dem unfehlbaren Instinkt eines Alphatiers witterte er im Laden die stärkste Konkurrenz für seine Eroberungsversuche. So sehe ich das heute. Damals wünschte ich mir einfach, dass es immer so weiterging. Zwei Personen, die sich scheinbar über Kultur austauschten, aber in Wahrheit erwogen, ob sie miteinander schlafen sollten oder nicht.

Was tut man eigentlich in so einem Fall? Nach welchen Kriterien entscheidet man sich? Wo war die Etikette, die uns helfen konnte, unsere Verlegenheit zu überwinden? Vielleicht versuchten wir auch einfach nur abzuschätzen, wie unsere Körper aufeinander wirkten. Aber vor allen Dingen: Warum hörten wir nicht auf damit? Damals hatten wir doch noch die Wahl.

Was machst du eigentlich so am Abend?«, fragte er mich eines Tages, als ginge ihn das irgendetwas an. »Gehst du zum Beispiel oft ins Theater oder so?«

Bei dieser eigentlich harmlosen Frage knickte ich innerlich ein und hoffte nur, dass er nicht merkte, wie sehr ich mich in die Enge getrieben fühlte. Liebend gern wäre ich mit der Wahrheit herausgerückt und hätte ihm von meinen nächtlichen Touren durch die Stadt erzählt, aber seine insistierende Art ließ mich ahnen, welche Antwort er erwartete. Anscheinend ließ er sich nur mit Frauen ein, von denen er annahm, sie wären auf seinem Niveau. Und obwohl mein letzter Besuch in den Münchner Kammerspielen schon ziemlich lange zurücklag, schwindelte ich und behauptete vage: »Wenn's was Gutes gibt – gerne.« Ich log, um ihn von mir zu überzeugen. Es sollte nicht bei diesem einen Mal bleiben.

Was ihn betraf, so glaubte ich dunkel zu ahnen, welche Konflikte ihn bewegten. Ich spürte seine nagenden Zweifel an einem vordergründig konventionellen Leben mit Familie und gesichertem Einkommen und seine Beklemmung, dass darüber die Zeit viel zu schnell verging. Das Gefühl, sich gegen die Pflichten aufzulehnen, deren Erfüllung so selbstverständlich erwartet wird, war mir vertraut. Aber für die Angst, eines Morgens aufzuwachen und plötzlich alt zu sein, war ich noch viel zu jung. Ich hatte die Unbefangenheit von jemandem, der noch alles vor sich hat. Das machte mich in seinen Augen begehrenswert. So vieles war möglich. Warum hätte ich also in Frage stellen sollen, dass ich der Anlass für seine Rebellion war? Ich wollte sehr gern die Muse seines Ausbruchsversuchs sein. Nur wo sollte der hinführen?

Manchmal versuchte er mir zu zeigen, wonach er sich sehnte, aber ich verstand nicht immer gleich, worauf er hinauswollte. Da war zum Beispiel die Sache mit Arno Schmidt, dieser maßlose belächelte Außenseiter, dessen Ruhm viel größer als die Auflagen seiner Bücher war.

»Mit dem habe ich mich mal ziemlich stark identifiziert«, erklärte er mir, als verstehe er sich selbst nicht mehr. »Aber ich meide Gruppen, wo ich nur kann«, sagte er irgendwie drohend, vielleicht in Hinblick auf unser Ladenkollektiv. Ob ich denn Schmidts Roman *Das steinerne Herz* kenne?, fuhr er fort und zog das Bändchen aus dem Regal.

Ganz schnell zur Erinnerung: Der Protagonist des Werks, ein ewig lüsterner Sonderling, macht sich aus purer Berechnung an eine verheiratete Frau heran, nur um an eine ganz bestimmte Ausgabe eines bestimmten Buches heranzukommen. Die Parallelen zu uns waren offensichtlich. Das brachte ihn zum Lachen (ein hemmungsloser Heiterkeitsausbruch). Es hätte ihm offensichtlich gewaltigen Spaß gemacht, ein Schurke zu sein. Was er allerdings zu erwähnen vergaß: In Schmidts Erzählung behält am Ende doch die Frau das Oberwasser.

Ich tat so, als ob ich das Buch nicht kannte. Noch nie, klagte er mit geheucheltem Abscheu, sei ihm eine Buchhändlerin über den Weg gelaufen, die dieses Buch nicht gelesen habe. Schmidt zu kennen gehöre ja wohl zur Grundausbildung.

»Hör mal«, sagte er zu mir, »warum verkaufst du eigentlich Bücher, wenn du keine Bücher liest?« Ich hatte abermals bei einem Examen, dem er mich in periodischen Abständen unterzog, um meine Kenntnisse der Weltliteratur zu prüfen, ziemlich schlecht abgeschnitten. So musste ich passen, als er mich nach Jean Pauls Roman *Siebenkäs* befragte. Auch wenn mir dabei manchmal die Tränen in die Augen stiegen, ich brauchte seine Beachtung, sein Drängen und seine Kritik. Ich hatte keine richtige Erklärung dafür, außer vielleicht dem Wissen, dass wir am meisten von demjenigen abhängen, der uns in unserem Wesen erkennt. Überhaupt entdeckte ich, dass mich bestimmte Züge an ihm umso stärker anzogen, je mehr ich eine Herausforderung darin vermutete. Das verwirrte mich. Sein Körper verströmte eine herbe Aura, die auf mich wie eine unsichtbare Energiequelle wirkte. Wir hatten schlechte und gute Begegnungen, ich wusste vorher nie, was gleich passieren würde.

Wir waren immer noch unschuldig, noch war nichts passiert. Unter dem Vorwand intensiver Verkaufsgespräche konnten wir stundenlang miteinander plaudern, ohne dass jemand etwas dagegen haben konnte. Ich lehnte dabei an einer Wand, weil ich einen Rückhalt dringend nötig hatte, und er, der um einiges größer war als ich, neigte mir aufmerksam lächelnd sein gefurchtes Gesicht entgegen. Wie groß war eigentlich der Altersunterschied zwischen uns? Er kam mir so viel älter vor als ich selbst. Er rasierte sich zweimal am Tag aus einer grundsätzlichen Rücksicht gegenüber den Frauen heraus, die er beim Küssen nicht kratzen wollte. Das vertraute er mir in einem unserer Gespräche wie ein leicht frivoles Geständnis an. Auf seinem kantigen Kiefer schimmerte trotzdem immer ein dunkler Bartschatten. Kleinigkeit für Kleinigkeit bauten wir uns eine gemeinsame Vergangenheit, die uns etwas Bodenhaftung verschaffen konnte.

Von mir aus hätte es immer so weitergehen können. Aber wir mussten aufpassen: Gleich würden wir abheben und davonfliegen. Im Übrigen hätte ich nichts dagegen gehabt, weiter oben wären wir wenigstens alleine für uns gewesen.

Ich war fast ein bisschen enttäuscht, als ich erfuhr, dass er nur Anwalt war, auch wenn er sich auf Medienrecht spezialisiert hatte. Damals eine echte Innovation. Linke Anwälte kannte ich genug, ein richtiger Journalist wäre mir lieber gewesen. »Vom Buchhandel gar nicht so weit entfernt«, meinte ich, als er mir von seiner Kanzlei erzählte. Über sein Privatleben hielt er sich ziemlich bedeckt. Vielleicht täuschte ich mich, aber mir kam es beinahe so vor, als sei er verlegen, als er pflichtschuldig seine Ehe erwähnte. Nicht ohne hinzuzufügen, dass er und seine Frau sehr tolerant miteinander seien.

Man konnte durchaus den Eindruck haben, dass seine Kanzlei ziemlich gut lief. Das lag weniger an Äußerlichkeiten wie eine dicke Uhr am Arm oder ein teures Etikett in seinem Jackett. Nein, es war eher seine Art, sehr zuvorkommend zu sein, was auf ein gefülltes Bankkonto schließen ließ. In diesem Punkt hatte er das sorglose Verhalten eines Menschen, der anderen ganz leicht von seinem Überfluss etwas abzugeben vermag. Trotz seines Wohlstands schien er aber nicht besonders stolz auf seinen Beruf zu sein. Ich erriet mehr, als es zu wissen, dass er den damit verbundenen Anspruch, zwischen Recht und Unrecht unterscheiden zu können, schon lange als anstrengend empfand. Das hatte mit seiner eigenen Geschichte zu tun, die ihn gelehrt hatte, wie schwierig es sein kann, Versuchungen zu widerstehen, besonders den erotischen. Aber gerade das fand ich so männlich an ihm. Er hatte eine ziemliche Routine darin entwickelt, Dinge heimlich zu betreiben. Und ich konnte nie herausfinden, ob er es aus moralischer Unabhängigkeit tat oder doch nur aus Schwäche.

Wir befanden uns immer noch in der glückseligen Anfangsphase, in der man eigentlich bereits fest entschlossen ist, es zu wagen, aber der Sündenfall noch nicht vollzogen ist. Vielleicht zögerten wir deshalb eine Verabredung immer weiter hinaus. Es war einfach so herrlich, vor einem Bücherregal stehend miteinander zu flirten und während sich die Luft um uns mit Pheromonen erfüllte halblaut irgendwelche idiotischen Sachen zu sagen, die keinen anderen Sinn hatten, als das Gegenüber zu beeindrucken. Wahrscheinlich gab es in jedem der Romane, die da vor uns in den Fächern standen, bessere und geistvollere Erzählungen als diejenige, die man über uns hätte schreiben können. Aber irgendwie fanden wir Halt in der Idee, dass aus uns beiden auch eine gemeinsame Geschichte werden könnte. Es war das Jahr, in dem Milan Kunderas *Die unerträgliche Leichtigkeit des Seins* ein Bestseller wurde.

2

Ich veränderte mich. Geschmacksfragen, die ich vorher leichten Herzens ignoriert hatte, waren zu lebenswichtigen Entscheidungen geworden. Wie viele und überflüssige Gedanken ich darauf verschwendete, was ich für ihn tragen sollte! Dabei schien es aussichtslos, seinen Ansprüchen zu genügen. Mir war vollkommen klar, dass es unsinnig war und ich dadurch meine Freiheit aufgab, aber ich wollte ihm gefallen. Dabei war die Anspannung, die ich empfand, wenn ich vor meinem Kleiderschrank stand, mangels Masse ohnehin eine Farce. Ich griff sowieso immer wieder zu den gleichen Lieblingsstücken. Trotzdem tat er mir den Gefallen und sparte nicht mit Komplimenten, wenn ich wenigstens mal mit einer neuen Farbe aufwartete. Grün, fand er, stünde mir besonders gut.

Zum ersten Mal wünschte ich mir Geld, richtig viel Geld, um einkaufen zu gehen. Aus diesem Impuls heraus wurde die Phase meiner modischen Verirrungen geboren. Als Erstes schaffte ich mir mit einem Kredit bei der Ladenkasse in einer Secondhandboutique ein Kamelhaarjackett an. Es war viel zu groß, die Ärmel musste ich umschlagen. Sein Blick konnte die Enttäuschung über meine Veränderung nicht verleugnen. Er mochte mich nicht in damenhafter Kleidung. Aber einmal in dieses Fahrwasser gekommen, setzte ich unbeirrt meine Versuchsreihe mit weiteren Jacken fort. Keine passte richtig, aber alle waren im Preis herabgesetzt.

Dafür gefiel ihm mein Schmuck. Einmal nahm er ganz zart meine Hand und deutete mit den Worten »Aus dem Kaugummiautomaten?« auf meinen Rubinring. Er war ein Geschenk meiner Mutter. Eigentlich wollte er aber nur herausfinden, was es mit dem Goldreif auf sich hatte, da war ich mir ganz sicher.

All diese Begebenheiten verschmelzen in meiner Erinnerung zu einer, zu ein und demselben Muster, das uns wie im Traum in einer merkwürdigen Kreisbewegung einmal quer durch den Laden pendeln ließ, von Regal zu Regal. Ich langsam vor ihm zurückweichend, während er sich anstrengte, mich von etwas Wichtigem zu überzeugen. Um seinen Argumenten mehr Kraft zu verleihen, versuchte er meinen Blick zu fixieren – eine Maßnahme, der ich immer mit Erfolg ausgewichen war. Zu Beginn unseres Flirts hatte während unserer Gespräche sommerliches Abendlicht die Altbaufassaden der Häuser, die gegenüber der Buchhandlung standen, illuminiert. Dann waren sie vom Herbstregen dunkel getränkt gewesen. Jetzt schimmerten sie im Licht der Straßenlaternen, als ich plötzlich realisierte, dass ich nicht länger fliehen konnte. Die Iris seiner Augen war von einem intensiven Wasserblau, aber wie jede Farbbeschreibung ist das nur ein Standardwort für den Eindruck von Tiefe, in der ich das Gefühl hatte zu versinken. Erst später, als der Bann sich löste, fiel mir ein, dass er ja eigentlich eine Brille trug. Ich hatte es nicht einmal bemerkt.

Jeder hat eine lange Vorgeschichte, die, mit der Welt konfrontiert, nicht nur neu erwacht, sondern neu von uns Besitz ergreift. Es musste in meiner genetischen Ausstattung irgendeine Ursache dafür geben, dass ich blauen Augen nicht widerstehen kann. Nachdem wir uns gute vier Monate umschlichen hatten, fragte er mich jetzt langsam, wie in Trance: »Gehst du mit mir einen Kaffee trinken?« Nach der damals üblichen Sprachregelung war das die gängige Umschreibung für: »Schläfst du mit mir?« Und ich antwortete wie aus der Pistole geschossen, ohne weiter darüber nachzudenken: »Nein, mit verheirateten Männern treffe ich mich grundsätzlich nicht!« Wenn irgendwann unweigerlich die Frage auftauchen würde, wer von uns beiden eigentlich zuerst angefangen hatte, dann könnte ich jede Verantwortung von mir weisen.

Ich habe ihn nie gefragt, ob er damals sehr enttäuscht war. Unabhängig davon war er überrascht über meine Reaktion, das konnte ich ihm ansehen. Aber ich blieb bei meiner Meinung und war nicht bereit, meine Antwort zurückzunehmen. Heute belächele ich diesen biederen Satz, auf den ich damals so stolz war, weil ich glaubte, mein wachsendes Verlangen damit zu zügeln. Denn im Grunde war mir ja auch klar, dass mein angeblich so kategorisches »Nein« höchstens aufschiebende Wirkung hatte.

Ein Wort zur sexuellen Moral der achtziger Jahre: Nach der spirituellen Entfesselung der Sinne durch die Blumenkinder und der Befreiung der Weiblichkeit in der Protestbewegung der späten Siebziger schien Sex eine Art Kampfsport geworden zu sein, eine fröhliche Form der Körperertüchtigung, die so selbstverständlich zur täglichen Hygiene zählte wie das abendliche Zähneputzen. Dem Austausch von Körperflüssigkeiten galt damals noch kein Misstrauen, sie waren rein und etwas völlig Natürliches. Ungeschützter Verkehr – heute unvorstellbar – war an der Tagesordnung. Der Aidsvirus war noch nicht lange entdeckt und die Ansteckungsgefahr durch Herpesbläschen weitestgehend unbekannt. Die gleiche Unbefangenheit galt den sexuellen Begierden, die nicht immer Halt machten vor dem Partner oder der Partnerin des anderen. Wir akzeptierten so etwas wie eine natürliche Promiskuität – solange sie nicht zu verletzend wurde. Aber der Sex hatte den Zwang zur Aufrichtigkeit, den er seit den sechziger Jahren aufgeprägt bekommen hatte, nicht so recht verkraftet. Frei von allen Mysterien war Erotik zu einem Oberflächenphänomen geworden, in dem es keine Spannung mehr zwischen den Geschlechtern gab. Die von allen belächelte Figur des Softies war das Ergebnis mangelnder Differenzierung zwischen Mann und Frau.

Die Energie der Befreiung hatte sich erschöpft, und als Gegenbewegung tauchten in den achtziger Jahren die ersten Anzeichen einer um sich greifenden Pornografisierung auf. Mit Lederbustiers und Leggins versuchten avantgardistische Modemacher den aerobicgestählten Körpern ihre sexuelle Würde zurückzugeben.

Auch bei uns im Buchladen wimmelte es plötzlich von Publikationen, die das zum Thema hatten, wie etwa Georges Batailles *Das obszöne Werk* oder das Erotikjahrbuch *Mein heimliches Auge*. Aber Pornografie interessierte mich nicht. Ich hatte mich verliebt, und die Affäre mit ihm war unser gemeinsamer Aufstand gegen die Vernunft. Seine Rolle in meinem Leben war die Rolle des Es. Grenzenlos, gierig, unvernünftig, begehrenswert.

Muss man wirklich noch mehr wissen, um zu begreifen, was für ein phantastischer Ort unser Laden war? In meiner Erinnerung ist er erfüllt von einer Magie, die sich leider keiner von den heutigen Kunden, die glauben, sie hätten eine Buchhandlung aufgesucht, wenn sie einmal den Tisch mit den aufgestapelten Bestsellern umkreist haben, noch vorstellen können.

Wir wissen es, denn wir sind ja anwesend gewesen. Die Jahre scheinen durchscheinend zu werden und sich zu verflüchtigen, wenn ich in Gedanken dorthin zurückkehre. Das Allerheiligste des Antiquars wurde auch für mich und meinen Geliebten zum Spielplatz. Irgendwie war es folgerichtig, dass wir uns ausgerechnet diese schmale Kammer voller Geheimnisse und verborgener Wünsche aussuchten.

Versprechen

1

Kaum dass ich die Stunde unserer ersten Verabredung erwarten konnte. In welchem Zustand nahe der Auflösung ich mich befand, entnehme ich wiederum meinem Tagebuch, wo ich mir notierte: »Kann mich weder konzentrieren – nur warten. Stürze, fliege auf morgen Abend zu.« Heute freue ich mich über den selbstbewussten Zusatz: »Und ich hoffe mich nicht zu langweilen.« Aber auch ohne diese Aufzeichnungen ist mir unser erster Abend noch ganz frisch im Gedächtnis.

Wie konnte es passieren, dass er überhaupt zustande gekommen war? Ich fragte mich das, während ich an einem dunklen Novemberabend neben ihm durch die klamme Dunkelheit ging, ein kretischer Hirtensack voller Lebensmittel hing schwer über meiner Schulter. In einem für mich typischen Trotz hatte ich meinen Wochenendeinkauf bis auf den entscheidenden Samstagabend hinausgeschoben. In einem letzten Akt der Auflehnung gegen den großen Moment versuchte ich »unserem Abend« einen profanen Anstrich zu geben, was aber ziemlich unglaubwürdig war. Er staunte jedenfalls nicht schlecht, als ich mit Nudeln und Pelati zu unserem ersten Date im Stadtcafé auftauchte. Und er bestand darauf, dass wir das unhandliche Teil erst einmal bei mir zu Hause abgaben.

Ein anderer Treffpunkt als das Szenecafé war mir auf die Schnelle nicht eingefallen, als er nach einigen Wochen einen neuen Vorstoß startete und mich wie beiläufig fragte, ob ich denn wohl manchmal ins Kino ginge. Bedeutend forscher als mir tatsächlich zumute war, antwortete ich mit einer Gegenfrage: »Du meinst, ob ich mit *dir* ins Kino gehe?« In dem sicheren Wissen, dass ich diesmal nicht ablehnen konnte, wenn ich ihn nicht endgültig zurückweisen wollte, sagte ich für das folgende Wochenende zu. Vielleicht hätte ich dabei besser auf mein klopfendes Herz achten sollen, dessen hohe Frequenz nicht nur den Grad meiner Verliebtheit wiedergab, sondern auch das Ausmaß meines schlechten Gewissens. Armes, dummes Mädchenherz, immer in Versuchung. Immer drauf und dran, etwas Verbotenes zu tun. Immer mit dem Kopf durch die Wand.

Wer war ich? Doch bloß eine junge Frau, die sich Pudding bestellt, wenn sie Lust darauf verspürt, aber gleich so viel, dass sie ihn nachher nicht aufessen kann. Am liebsten ging ich ohne Schuhe, und vor die Wahl gestellt, wäre ich auf jeden Fall lieber durchs Fenster gestiegen, statt ganz normal durch die Tür zu gehen. Ich stand oft vor dem Spiegel und suchte mein Bild. Ich achtete darauf, dass mich niemand dabei ertappte; es wäre mir unangenehm gewesen, für eitel gehalten zu werden. Die Zwiesprache mit mir selbst hatte den Charakter eines heimlichen Lasters. Mein stummes Gegenüber. Ich weiß nicht: Hoffte ich dadurch, jemand anders zu finden, oder wollte ich mich bloß vergewissern, dass ich da war.

Ich war ziemlich blass, aber ich schminkte mir nur den Mund mit einem kirschroten Lippenstift. Die Farbe betonte die kleine Vertiefung über meiner Oberlippe, für eine Frau war sie ziemlich ausgeprägt. Sie suggeriert Sinnlichkeit; im Yoga endet an dieser Stelle der zentrale Energiekanal Shushuma. Er verläuft von der Basis der Wirbelsäule entlang der neuronalen Furche, die sich bildet, wenn sich beim menschlichen Embryo das erste Keimblatt geschlossen hat. Die meisten meinten trotzdem, meine Augen seien das Schönste an mir, was bedeutete, dass ich, wie gesagt, nicht schön war.

2

Während ich die Tür zu meiner WG-Wohnung aufschloss, schickte ich im Geist Stoßgebete hinauf zum dunklen Abendhimmel. Ich flehte, dass niemand bei mir zu Hause war. Der kleine Funken Hoffnung, dass tagsüber ein Wunder geschehen sei und der Abwasch aus der Spüle verschwunden und mein Bett gemacht sei, erwies sich als reine Illusion. Wenigstens waren alle Mitglieder meiner Frauen-WG ausgeflogen, und ich musste niemandem erklären, was ich mit diesem um einige Jahre älteren Mann wollte, der linkisch im Wohnzimmer herumstand und das zusammengeklaubte Mobiliar betrachtete, als könnte er sich anstecken, wenn er es aus Versehen berühren würde. Dabei hatte er vorher behauptet, er müsse meine Wohnung unbedingt kennenlernen, weil Einrichtungen mehr über einen Menschen aussagen als alle Worte. Aber auf ein solch stilloses Durcheinander von wackligen Ikea-Tischen und durchgesessenen Sperrmüllsofas, angestaubten Yuccapalmen und abgeschabten Orientteppichen war er nicht gefasst gewesen. Ein Siebdruckplakat über dem Küchentisch zeigte eine weibliche Gang und trug die Aufschrift: »Die Armee der Frauen marschiert«. Es war überflüssig für ihn zu fragen, was das zu bedeuten habe. Er hatte mich oft genug in der genau gleichen Kluft gesehen, um zu begreifen, wofür ich schwärmte.

Und dann gab es jenen schwindelerregenden Moment, als wir beide auf mein Bett starrten – eigentlich war es nur eine breite Matratze, die am Boden lag. Es war eine Szene von tiefster Anzüglichkeit, was aber überhaupt nichts damit zu tun hatte, dass er mich unter sich zwischen den verwühlten Kissen und Decken gewünscht hätte, sondern mit meinem Leben, das da offen vor uns lag. Wir schauten auf dieses Bett, als schauten wir gemeinsam in einen Abgrund, der uns zeigte, was man einander alles antun kann. Ja, es gab da jemanden, sosehr ich auch versuchte, es unwichtig erscheinen zu lassen. Aber sein Blick sagte mir, dass er verstanden hatte. Und das Merkwürdigste daran war, dass es mein Leben war, das da auf dem Prüfstand war, obwohl er verheiratet war.

Dieser Jemand hieß Schmitt. Er nimmt in meiner Biografie weit mehr Raum ein, als ihm hier zugestanden wird. Er würde es verstehen, denn die Ereignisse, die ich hier beschreibe, sind schneller Geschichte geworden, als wir uns es jemals haben träumen lassen, jung und voller Triebe, wie wir damals waren. In meinem Leben hatte Schmitt die gleiche Rolle wie die Nullstelle in der Mathematik, er war nicht vorhanden und bestimmte dennoch mit über den Umfang meines Glücks.

Tatsächlich hatte ich einige Jahre zuvor geglaubt, Schmitt sei der Mann, den ich haben wollte. Aber Schmitt zu haben, davon konnte keine Rede sein. Stattdessen führten wir ein kühles unverbindliches Verhältnis, das völlig offen ließ, ob wir überhaupt zusammen waren. Ich denke nicht, dass wir jemals ernsthaft daran geglaubt haben, eine gemeinsame Zukunft zu haben. Als ich meinen Geliebten kennenlernte, war Schmitt gerade auf Reisen. Passenderweise könnte man sagen.

Mein Neuer hatte Krautrock verpasst, Punk, Postpunk und Gothic, und er hatte nicht einmal bemerkt, dass ihm etwas fehlte. Aber jetzt stürzte er sich mit dem ganzen Elan von jemandem, der etwas nachzuholen hat, auf meinen Vorschlag, wir könnten uns ja den Konzertfilm *Stop Making Sense* mit David Byrne und seiner Band, den Talking Heads, ansehen. Film und gleichnamiges Album trugen denselben prophetischen Titel – welches Paar konnte schon von sich behaupten, eine solche Headline zu besitzen. Gemeinsam fuhren wir auf die harten Funkrhythmen ab.

Musik, die Universalsprache unserer Sehnsüchte, unvergänglich und unverwechselbar. Nie wieder in seinem Leben würde er sich so viele Platten und so viel Musik anhören. Wenn wir uns nicht sehen konnten, nicht anfassen, nicht fühlen, tauschten wir Botschaften aus, die wir auf Kassetten aufnahmen. »Once In A Lifetime«, »Stand By Me«, »Love Will Tear Us Apart«. Schon sehr bald nach diesem Abend zog seine neue Obsession die Anschaffung eines solarzellenbetriebenen Walkmans von Sony nach sich, der ihm auch unterwegs gute Dienste leistete, um untermalt von Musik die Sequenzen unserer Treffen wieder und wieder vor dem inneren Auge abspulen zu können.

Ich muss vorausschicken, dass an diesem Abend nichts

vorfiel, was er seiner Frau nicht hätte erzählen können. Aber gerade unser Zögern zeigte doch, dass es sich zwischen uns um etwas ganz Großes handeln musste. Dennoch oder vielleicht gerade deswegen ist unsere erste gemeinsame Unternehmung in meiner Erinnerung nicht völlig ungetrübt. Als wir die Kinokarten bezahlten, kaufte ich mir eine Rolle Schokodrops dazu. Es gab mir einen ziemlichen Stich, als ich bemerkte, wie missbilligend er seine Augenbrauen hob. Naschen war etwas, was ihm bei anderen schwer fiel zu tolerieren.

Ich zog das Bein nicht weg, als es im Kinosaal dunkel wurde und er mir im Dunkeln die Hand auf den Oberschenkel legte. Vor uns tobte David Byrne im weißen Anzug über die Bühne, während er mit einer sehr sanften Bewegung mein Bein berührte, so als würde er die endgültige Inbesitznahme noch ein wenig hinauszögern und bloß prüfen, was ihn erwartete. Und ich weiß noch, dass ich mich gegen seinen Vorstoß innerlich zu Wehr setzte. Es machte mich unsicher, weil ich es als verklemmt empfand, wie er sich verhielt. Ich hatte überhaupt nichts dagegen, dass er mich anfasste, aber so war es für mich Doppelmoral. Ich hätte es ehrlicher gefunden, wenn er mich entweder vorher gefragt hätte oder wenigstens direkt zu Sache gekommen wäre. Trotzdem blieb an der Stelle, wo ich den sanften Druck verspürt hatte, eine Leere auf meiner Haut zurück, die seine Berührung bereits vermisste. So hatte ich angefangen mich nach Dingen zu sehnen, die ich eigentlich ablehnte.

Wir konnten uns einfach noch nicht trennen, als wir aus dem Kino in die Nacht traten. Und obwohl ich mir unsicher war, was er dazu sagen würde, schleppte ich ihn noch zum Franz.

Ich ging immer zu Franz in die Bodega. Die neuen Bars hießen »WunderBar« oder »Iwan's«. Sie waren entweder in Schockfarben oder Absolutweiß gestrichen, und ihre Gäste huldigten auf Plastikstühlen einer grellen Neonwelt. Im »Café Größenwahn« war die Wand mit ausschließlich zwei Worten geschmückt. In goldenen und daneben in grauen Lettern kündeten »Erfolg« und »Angst« vom Seelenzustand meiner Generation.

Bei Franz dagegen saß man auf Plüschmöbeln, und es war dort so dunkel, dass man sich erst eine Weile orientieren musste, ehe man sich in eine der dämmrigen Nischen tasten konnte. Ich glaube, er war anfangs noch unschlüssig, ob er nicht doch lieber umkehren sollte, als wir durch den Windfang in den mit Rauchschwaden vernebelten Raum traten. Wir kämpften uns schließlich bis an die lange Holztheke vor und bestellten über die Köpfe der anderen Gäste hinweg laut zwei Drinks – an denen wir in kleinen Schlucken nippten, als könnten wir so die wenige Zeit, die uns an diesem Abend noch miteinander blieb, ins Unendliche dehnen. Er trinke nur selten Alkohol, wie er mehrfach betonte, und das Glas mit der einen Hand umklammernd begann er von seinem Leben zu erzählen, von dem er nicht ganz sicher war, ob es lohnte, sich daran zu erinnern. Aber im Gegensatz zu mir hatte er wenigstens schon ein richtiges Leben, von dem er berichten konnte. Obwohl ich aus der Szene kam, fand ich mein eigenes Dasein total uninteressant.

Ich hörte ihm also mit einer gewissen Skepsis dabei zu, wie er sich anstrengte mir nahezubringen, was uns doch für immer trennte, seine Vergangenheit.

»Gibt es hier jemanden, den du kennst?«, fragte er mich

besorgt. Er brauchte sich ja nur in dieser verräucherten Kneipe umzuschauen und in die hungrigen Gesichter der Gäste zu starren, die Freaks, die Althippies, die Transen, die Lesben, um zu begreifen, dass die Entfernung zwischen uns keine Lüge war. Aber ich konnte guten Gewissens verneinen. Derjenige, mit dem ich eine Begegnung fürchten musste, war Schmitt – und der war weit, weit fort in Afrika, das hatte ich jedenfalls gehört.

Es stand vieles im Raum, was man als Subtext dieses trotz all unserer gegenteiligen Bemühungen irgendwie missratenen Abends lesen konnte. Seine Familie, sein Beruf, sein Ehrgeiz, meine Herkunft, meine Szene, meine Freunde. Es ließ sich einfach nicht wegdiskutieren, dass wir einander fast gar nicht kannten. Während wir uns miteinander abmühten, wurde es immer deutlicher: Das Einzige, was wir uns jemals selbstlos schenken konnten, war die unerfüllte Sehnsucht nacheinander. Und das Schlimmste daran war, dass am Ende gar nichts übrig bleiben würde, denn die Sehnsucht stirbt, sobald sie sich erfüllt. Für eine Geliebte ist das keine Floskel, es ist die Basis ihrer sonderbar absurden Existenz.

An der Art, wie wir uns ansahen, war klar, dass an diesem Abend jeder alleine in seine Wohnung zurückkehren würde. Er in sein leeres Haus – seine Frau war verreist – und ich in meine WG. Er brachte mich durch die schlafenden Straßen bis vor meine Tür und überzeugte sich, dass ich tatsächlich die Treppe nach oben ging. Seine Fürsorge rührte mich – und engte mich ein. Er muss gespürt haben, dass ich am liebsten davongelaufen wäre, einfach nur irgendwohin. Mein Fluchtreflex war stärker als jeder andere Impuls in mir.

Mein Geliebter traute den Nächten nicht, im Dunklen war die Stadt für ihn ein finsterer Wald, den man besser nicht betrat. Im Gegensatz zu mir interessierte er sich nicht für die Geheimnisse, die sich vielleicht darin verbargen, sondern er wollte mich vor ihnen beschützen. Ich sollte ihm gehören, ihm oder niemandem. Was sonst in meinem Leben vor sich ging, davon wollte er lieber gar nicht erst etwas wissen.

Am Tag hatte ich so meine Schwierigkeiten, aber mit der Nacht kannte ich mich aus. Am Tag war ich bleich und unlustig, die Nacht fand mich rosig, durchblutet und voller Tatendrang. Die Nacht ist das Himmelreich der Prokrastinierer. Sie sind erst sicher, wenn es endlich dunkel wird. Endlich sind sie frei und können aufhören, sich für all das zu schämen, was sie sich vorgenommen und nicht erledigt, was sie begonnen und nicht zu Ende geführt haben. Mag der Tag mit seinen vielen Fehlschlägen dem Aufschiebenden auch eine Niederlage bereitet haben, am Abend ist er wieder obenauf. Eine lange Nacht trennt ihn vom nächsten Tag, der bereits erfüllt ist von guten Vorsätzen, die er wieder nicht einhalten wird. Wie oft ist es vorgekommen, dass mich abends ein Drang nach Dunkelheit und Ferne überfiel und mich, obwohl ich müde von der Arbeit in der Buchhandlung war, wieder nach draußen trieb. Ich fühlte mich wie ein Geist, der durch die Stadt lief, getrieben von einer unerklärlichen Sehnsucht, auf der Suche nach irgendetwas, zu schüchtern, um in den Kneipen als Frau allein länger Halt zu machen, als es braucht, eine Tasse Kaffee oder ein Glas Weißwein zu trinken. Ich hatte die Karte einer unbekannten Stadt im Kopf, die mich mühelos durch die Nächte navigierte, von Café zu Café, von Bar zu Bar, die wie gelbe

Lichter in der Schwärze auf mich warteten. Immer mit der Illusion, es könnte sich etwas ändern. Ich bräuchte nur die Tür aufzustoßen und mich in den Nebel aus Zigarettenrauch und Stimmengewirr fallen zu lassen. An solchen Abenden gab es keine Gesellschaft, die meine Trostlosigkeit lindern konnte, aber ich zog es vor, wenigstens Menschen in meiner Nähe zu haben, deren Anwesenheit mich des Gefühls enthob, völlig überflüssig zu sein. Mit ihnen schloss ich Bündnisse, die die Nacht nicht überdauern würden. Wir mussten von der Bedienung, die sich den ganzen Abend selbstlos in der Technik geübt hatte, unsichtbar zu sein, schließlich ermahnt werden, endlich zu gehen. Rings um mich herum wurden schon die Stühle hochgestellt.

Um meine alten schwarzen Stiefeletten aufzupeppen, hatte ich sie mit Autolack golden angesprüht. Derart aufgemotzt drängte ich mich in meinen verknitterten Satinhosen am Türsteher vom »Sugar Shack« vorbei, einem legendären Münchner Club, der bei meinem verwilderten Anblick ein Auge zudrückte. Und mehr als ein Abend endete nach einigen nutzlosen Drinks auf dem Plüschsofa vor der Fototapete in einer rauchigen Kneipe am Johannisplatz, ehe ich mich zu Fuß auf den langen Weg nach Hause machte.

Nach unserem eigenartigen Kinoabend hatte ich nichts mehr von ihm gehört und die ganze Sache eigentlich bereits abgeschrieben. Aber ein paar Tage später klingelte bei mir in der WG abends das Telefon. Da sonst niemand zu Hause war, nahm ich den Hörer ab.

»Bist du es wirklich?«, sagte er glücklich. Er habe nicht mehr geglaubt, mich noch zu erreichen, er würde von einer Geschäftsreise aus anrufen.

»Von wo eigentlich?«, fragte ich.

»New York«, behauptete er.

Ich rechnete sechs Stunden zurück, bei ihm war es ungefähr zwei Uhr mittags. Heller Tag, genauso kam es mir auf einmal in der abendlichen Wohnung vor. Wie am hellen Tag.

Im Allerheiligsten

1

Wir hatten noch immer nicht miteinander geschlafen.

Ich wusste, eines Tages, sehr bald, würde es so weit sein. Aber wir fanden irgendwie nicht den Absprung. In unausgesprochenem Einverständnis zögerten wir die Entscheidung ständig weiter hinaus. Sosehr wir uns auch nacheinander verzehrten, die Spannung erfüllte alles um uns mit neuem Leben. Gerade die Hoffnungslosigkeit unserer Situation schien jedem noch so unbedeutenden Detail unserer kurzen Liebesgeschichte seinen ganz besonderen Sinn zu geben.

Ich neigte dazu, mir aus allem eine persönliche Mythologie zu basteln. Mein rotes Rad war jetzt das Rad, auf dem er mich zuerst entdeckt hatte. Ich schickte ihm eine Postkarte, auf der ich ihm mitteilte, dass ein von ihm bestelltes Buch eingetroffen sei. Auf drei Zeilen hatte ich mich zweiundzwanzigmal vertippt und die Fehler mit Korrekturband verbessert. Einen aufschlussreicheren Kommentar über mich würde er nicht mehr bekommen. Auch das kam in ein Privatarchiv. Es war nicht länger egal, ob ich Blau trug oder Grün, ob ich mich schminkte oder nicht. Ich war jetzt eine Frau, die von einem viel älteren erfolgreichen Mann begehrt wurde, so sehr, dass eine Ehe auf dem Spiel stand.

Ich wollte ihm unbedingt beweisen, dass ich seiner Liebe wert war. Deshalb stellte ich mich seiner Zuneigung wie einer Herausforderung.

Wenn wir verabredet waren, fürchtete ich mich, als stünde mir eine Prüfung bevor. Während ich mich sorgfältig zurechtmachte, ging die Zeit in jenen zähflüssigen Aggregatzustand über, der sie erst überhaupt nicht und dann viel zu schnell vergehen lässt. Ich nahm mir jedes Mal vor, mich nicht zu verzetteln, aber ich schaffte es nie. Mein Haar hing deshalb meistens noch in vom Duschen feuchten Strähnen um meinen Kopf, wenn ich – wie immer – viel zu spät aus dem Haus stürzte. Es hatte etwas Entwürdigendes an sich, dass ich die ganze Strecke rennen musste, um einigermaßen pünktlich zu kommen, getrieben von einer irrationalen Furcht, er könne bereits verschwunden sein, sich irgendwie in Luft aufgelöst haben, gleichsam wie eine Einbildung.

Zu meiner grenzenlosen Erleichterung sah ich ihn schon von Weitem. Er hatte seinen üblichen Wachtposten auf der anderen Seite des Isartorplatzes bezogen. Die Unterführung, in deren stets leicht stickige Luft ich kurz eintauchte, war die Schleuse in eine andere Welt, die letzte Atempause, bevor ich jenseits mit stürmischen Küssen begrüßt wurde. Vom langen Warten in der Winterluft war sein Mund kalt wie eine Hundeschnauze. Seine Angewohnheit, immer vor mir da sein zu müssen, war eine Eigenschaft, die mich damals noch rührte. Ich liebte es, in seinen Augen die Überraschung zu sehen, wenn er mich entdeckte. Er lachte vor Freude, dass ich da war, und tat so, als hätte er nicht mehr geglaubt, dass ich überhaupt kommen würde. Dabei war ich höchstens ein oder zwei Minuten zu spät. Ehrenwort.

Ohne es zu wollen, gab er mir damit zu verstehen, wie sehr er mich vermisst hatte. An so viel Aufmerksamkeit war ich nicht gewöhnt, das Gefühl machte mich beinahe schwindelig.

»Du wirst dich erkälten«, sagte er besorgt und befühlte meinen Kopf.

»Das ist doch egal«, wehrte ich ab, obwohl sich in meinem Haar bereits kleine funkelnde Eiskristalle gebildet hatten. Sie ließen mich vorzeitig ergraut aussehen. Der Winter war ungewöhnlich streng in jenem Jahr. Ich war leichtsinnig, aber warum auch nicht? Genau damit war ich ja immer durchgekommen und hielt schon von daher mein Draufgängertum für mein größtes Talent. Mit der gleichen Unvernunft stürzte ich mich in unsere Beziehung, ich präsentierte sie ihm wie ein kostbares Geschenk. Und trotz all seiner Einwände und Vorbehalte spürte ich, wie hingerissen er davon war.

»Lass uns spazieren gehen«, schlug er vor, obwohl es klirrend kalt war, so als würde es ihm drinnen in einem Café zu eng sein. Er brauchte die Weite der verharschten Wiesen im Englischen Garten und die scharfen Konturen der Alleen. Die vom Frost erstarrten Bäume gaben wenigstens keinen Kommentar über uns ab. Wenn wir durch bloße Abhärtung irgendetwas hätten erreichen können, sämtliche Probleme wären nach diesen Märschen gelöst gewesen. Meine Füße spürte ich längst nicht mehr, und obwohl meine Fingerspitzen halb erfroren waren, wagte ich nicht, meine Hand wegzuziehen. Er hielt sie so fest umklammert, als wolle er mich nie wieder loslassen. Normalerweise war ich nicht der Typ fürs Händchenhalten, aber irgendetwas bahnte sich an, vielleicht eine Entscheidung.

»Was willst du eigentlich von mir?«, fragte er mit gepresster Stimme, als fürchte er meine Antwort. Dabei kannte er sie doch schon. Sie hieß: »Du bist toll, ich brauche dich, aber ich will dich trotzdem nicht für mich alleine haben.« Damit wollte ich ausdrücken, er solle sich keine Sorgen machen, weil ich sowieso keine Ansprüche stellen würde. Aber ich täuschte mich, wenn ich glaubte, dass es das war, womit ich ihn beruhigen konnte. Stattdessen sehnte er sich nach einem Bekenntnis von mir, nach einem Bekenntnis, wie leidenschaftlich ich ihn begehrte.

Da aus dieser Richtung nichts von mir kam, examinierte er mich unerbittlich weiter: »Wie sehr liebst du mich?«

Ich schloss die Augen in stummer Abwehr, denn unausweichlich stand uns die nächste nervenzerfetzende Diskussion bevor. Doch wohl oder übel fügte ich mich in seine Routine der Endgültigkeit. Er hatte sich angewöhnt, in ausufernden Debatten zu beweisen, dass es zwischen uns eben »nicht ging«, wie er sich ausdrückte. Eine Aufgabe, die er als Jurist ziemlich gut ausfüllte. Während es wiederum meine Rolle war, jedes seiner Argumente einzeln zu entkräften.

»Als wir heirateten, haben wir beschlossen, uns niemals zu verletzen«, sagte er fast wehmütig. Ich horchte auf, endlich erzählte er mal etwas von seiner mysteriösen Ehefrau, von der ich bisher nur aus der Ferne mitbekommen hatte, wie treusorgend sie sein Leben überwachte.

»Aber du hast ihr doch von mir erzählt, oder?« Ich erstickte fast an meiner Frage. Wollte ich das überhaupt alles so genau wissen? Je mehr ich über seine Frau erfuhr, desto schwerer würde es mir fallen, etwas zu tun, was sie verletzte. Und ich nahm wahr, wie mein Herz beim Gedanken an diese Fremde zu klopfen begann. Wir liebten denselben Mann und waren in unfreiwilliger Nähe miteinander verbunden.

»Ja, klar«, antwortete er ausweichend. »Aber ich sage natürlich nicht jedes Mal vorher Bescheid, wenn wir uns sehen.«

»Wenn sie alles weiß, dann müsste sie doch etwas unternehmen?«, bohrte ich weiter. »Zum Beispiel dich verlassen.«

»Oder mir ein Ultimatum stellen«, sagte er mit einem leicht ironischen Unterton, den er mit seiner anschließenden Erklärung sofort wieder revidierte. »Aber so etwas würde sie niemals machen. Zwischen ihr und mir soll alles freiwillig geschehen.« Er sagte nicht »uns«, das nahm ich mit grimmiger Befriedigung zur Kenntnis.

»Ich finde das gemein …«, preschte ich vor. »Dich so unter Druck zu setzen. Wir haben doch noch nicht mal miteinander geschlafen.«

»Genau darum geht es«, meinte er verlegen. »Einen Ausrutscher würde sie mir verzeihen, aber sie spürt eben, wie ernst es mir mit dir ist.«

Noch nie zuvor hatte er sich auch nur zu einem annähernd so intimen Bekenntnis verleiten lassen. Vielleicht, weil sein Verlangen nach mir derart groß war, ließ er mich etwas Einblick in seine verzweifelte Seelenlage nehmen.

Ich äugte verstohlen zu ihm hinüber. Seine Ohren glühten, ich wusste nicht, ob vom Eiswind oder aus Sehnsucht. Es ließ ihn verletzlicher erscheinen, fröhlicher, jungenhafter. Unsere Rollen waren auf einmal vertauscht, und ich übernahm den ungewohnten Part einer Verführerin, die ihn dazu verlocken wollte, seine Hemmungen zu überwinden.

»Was kann uns eigentlich passieren?«, fragte ich vorsichtig. »Es kann doch nicht falsch sein«, tastete ich mich weiter vor, »es zu tun, wenn man solche Sehnsucht danach hat, oder …?«

Ich ließ den Satz unvollendet, weil ich ihm Gelegenheit geben wollte, mir zuzustimmen. Aber er ging nicht darauf ein.

Natürlich war er älter und erfahrener als ich, aber dafür hatte ich die größere Routine darin, mich einfach treiben zu lassen. Bei seinen Eroberungsversuchen war es ihm mehr als entgegengekommen, dass der Ort, wo er mich gefunden hatte – dieses übrig gebliebene linke Projekt –, auf eine gewisse Bereitschaft schließen ließ, Regeln zu übertreten. Ich nahm ihm nicht übel, dass er das für sich auszunutzen versuchte. Aber ich fand auch, er solle nicht so feige sein und mir ständig den Schwarzen Peter zuschieben.

Damals, mit Mitte zwanzig, hielt ich es für meine Pflicht, immer aufrichtig zu sein. Jung und selbstgerecht wie ich war, teilte ich mit meinen Freunden die Auffassung, dass absolute Ehrlichkeit zu den ungeschriebenen Gesetzen der Freiheit gehörte. Wir hielten uns für unfehlbar, weil wir untereinander mit brutaler Offenheit verkehrten, und wir warfen uns, ganz egal wie verletzend es auch sein mochte, schonungslos die schlimmsten Dinge an den Kopf. Bereitwillig hatte ich mir in Diskussionen angehört, dass ich kokett, bürgerlich und besitzergreifend sei. Heute kommt es mir so vor, als hätten wir in der Szene einen besonders fanatischen Kult mentaler Sauberkeit betrieben, eine Art modernen Ablasshandel, der beinhaltete, dass wir jeder spontanen Begierde, jedem noch so abseitigen Verlangen nachgeben durften, solange wir »offen damit umgingen«, um einen weiteren Begriff aus unserem verdinglichten Sprachcode zu zitieren.

Und nun sah ich mir selbst dabei zu, wie mich mein eigenes moralisches Regelwerk Zug um Zug überrollte. Besonders Regel Nummer fünf: *Eifersucht ist nur ein Relikt patriachaler Besitzansprüche und insofern völlig gegenstandslos* – eine Maxime, die man auf mich *und* seine Frau anwenden konnte – erwies sich in der Praxis als völlige Überforderung. Wir wollten uns ausleben, aber ich empfand Schuldgefühle, wo ich keine hätte haben sollen. Warum war es so? Auf dieses Dilemma konnten mir meine genialen Befreiungstheorien keine Antwort geben. Noch vor kurzem hatte ich mich ernsthaft an Sätzen gemessen wie »Ich kann nicht lügen« oder »Man muss sich einfach entscheiden«. Jetzt hatten sie jeden Sinn für mich verloren und erschienen mir grausam und borniert. Diese Maximen waren für Schlauköpfe gemacht, die selbst noch nie ernsthaft in Versuchung geraten waren.

Obwohl ich in meinem dünnen Mäntelchen fror wie ein Schneider, brachte ich es irgendwie trotzdem fertig, ihm treuherzig zuzulächeln. Er verzog reflexhaft die Mundwinkel nach oben, aber seine traurigen Augen straften ihn Lügen. Bis er mich kennenlernte, hatte er niemals an seiner Ehe gezweifelt, behauptete er.

Ich wunderte mich über mich selbst, warum ich mir überhaupt noch Hoffnungen auf ihn machte. Der verheißungsvoll blaue Februarhimmel hatte sich inzwischen milchig eingetrübt. Beklommen stellte ich fest, dass die mittlerweile üblichen sechzig Minuten, die er mir normalerweise in seinem Stundenplan einräumte, beinahe um waren. Ich hatte die Erfahrung gemacht, wie leer ich mich nach solchen Spaziergängen fühlte. So leer wie sich eben jemand fühlen muss, dem man eine Pralinenschachtel zwar gezeigt, sie aber danach wieder auf den Schrank gestellt hat.

Er dagegen war immer heilfroh, wenn er unsere Verabredungen überstanden hatte, ohne der Versuchung, mit mir schlafen zu wollen, nachgegeben zu haben. Aber es fiel ihm von Mal zu Mal schwerer, der Anziehung, die ich auf ihn ausübte, zu widerstehen. Der Druck, unter dem er stand, war ihm ins Gesicht geschrieben. Er war ein Kind schwäbischer Eltern, seine pietistische Erziehung hatte ihm Willenskraft antrainiert, und er konnte nicht aufhören, sich selbst wegen seiner Schwäche anzuklagen. Wer weiß wie oft schon hatte er sich vorgenommen, die Affäre mit mir zu beenden, aber keiner seiner Anläufe war ernst gemeint gewesen. Ich dagegen vertrat nach wie vor die Meinung, es sei weit unmoralischer, sein Begehren zu unterdrücken, als es auszuleben.

So gegensätzlich wir auch waren, wir teilten die Hoffnung, irgendwie durchzukommen, ohne dass jemand ernsthaften Schaden an seiner Seele nehmen würde.

2

Wir waren wieder an unserem Ausgangspunkt angelangt, der wahrscheinlich zugigsten Unterführung der ganzen Stadt, und lehnten uns hilflos vor unerfüllter Sehnsucht aneinander. Er würde sich gleich auf den Weg in die Kanzlei machen, seine Frau könnte ihn dort sonst suchen. Zu

Hause hatte er, wie ich schließlich doch erfuhr, Arbeit vorgeschützt, um sich mit mir treffen zu können

»Es geht nicht«, hörte ich ihn auf einmal krächzen.

»Was meinst du?«, fragte ich alarmiert, auch mein Mund war mit einem Schlag ganz trocken geworden.

»Es geht nicht!« Eine Art verzweifelte Entschlossenheit war in seiner Stimme.

»Was geht nicht?«

»Ich kann dich jetzt nicht gehen lassen, ich muss dich einfach haben.« Das gab den Ausschlag. Noch nie hatte jemand so mit mir gesprochen. Es stimmt, dass einem dabei die Knie weich werden.

Es war Sonntag, ich umklammerte das Schlüsselbund in meiner linken Hosentasche, niemand würde in der Buchhandlung sein.

Er sagte nichts, während ich die Ladentür aufschloss und wir in den Zauberkreis traten. Jetzt noch umzukehren war unmöglich. Was wir vorhatten, machte uns stumm. Natürlich hätten wir auch in ein entsprechendes Hotel gehen können, aber schon der Gedanke schien völlig abwegig. Wir wären beide viel zu unbeholfen gewesen, um den wissenden Blicken eines Portiers standhalten zu können. Es kam überhaupt nichts anderes in Frage, als dorthin Zuflucht zu nehmen, wo wir uns kennengelernt hatten.

Die Deckenbeleuchtung schaltete ich vorsichtshalber nicht an, er verharrte kurz im Dämmer zwischen den Regalen »Belletristik von A–Z« und »Französische Philosophie«. Wir hatten auf einer Ladensitzung lange diskutiert, ob es wirklich korrekt sei, diese beiden Gebiete so direkt gegenüber aufzustellen. Aber schließlich hatte ich mich mit dem Argument durchgesetzt, dass der französische Philosoph Jacques Derrida schließlich ein Bindeglied zwischen Literatur und Wissenschaft sei.

Ich verstand sein Zögern, und diesmal war ich es, die ihn sachte bei der Hand nahm und weiterzog. Hinten im Lager, bei den Erstausgaben, fanden wir einen Platz, wo uns niemand vermuten würde. Mangels einer Unterlage breitete ich einige Kartons aus. Er protestierte nicht, also musste es so in Ordnung sein. Ich wagte ihm nicht in die Augen zu schauen, während ich mir zuerst den Pullover über den Kopf streifte, dann aus der Jeans schlüpfte und nach kurzem Zögern auch aus dem Slip und mich schließlich auf dem Boden ausstreckte. Ich hatte Angst, durch meine allzu zielstrebige Nacktheit an Wert verloren zu haben. Die Pappe unter mir war erstaunlich glatt und warm. Mit angehaltenem Atem wartete ich darauf, dass er käme und mich suchte. Schwaches Licht drang durch das kleine vergitterte Fenster, das in den Hinterhof zeigte. Am Boden liegend fühlte ich mich verletzlich, aber gleichzeitig versetzte mich das Wissen, mich nun völlig an ihn ausgeliefert zu haben, in die nervöse Bereitschaft, ihm dorthin zu folgen, wohin mich seine Hände führen würden, die ich jetzt überall auf mir spürte. Sooft er mich berührte, brachte mich das zum Erschauern, und meine Reaktion abwartend nahm er meine Erregung auf und vergrößerte sie mehr und mehr, bis wir uns endlich erlösten.

Hinterher bedeckte er mein Gesicht mit Küssen in stummer Abbitte, dass wir es getan hatten. Aber ich brauchte keinen Trost, es gab nichts zu verzeihen. Es war schön gewesen, zum Sterben schön. Und ich würde es sofort wieder tun.

Was auch draußen geschehen mochte, hier zwischen den

Büchern würde es immer so sein. Wir würden ein Mann und eine Frau sein, die nicht wussten, ob sie das alles nur träumten. Hätten wir doch in den Ruinen aufgelöster Bibliotheken verschwinden und dort bleiben können, bei den stillen Rücken der Bücher, der Magie stets neuer zukünftiger Lektüren – des Entzückens und des Verstehens all dieser Geschichten, die sich andere für uns, die Lesenden, ausgedacht hatten. Andere, größere und bedeutend klügere Menschen als wir hatten damit das Vorhaben verbunden, die Welt zu verstehen. Wir dagegen verstanden ja nicht einmal uns selbst und das, was wir taten.

Wir waren schon fast wieder auf dem Weg nach draußen in die Dämmerung eines Spätwinterabends, und eine fade Traurigkeit über die bevorstehende Trennung senkte sich über uns.

»Warte«, sagte ich, »glaubst du, man kann die Zukunft aus den Büchern lesen?«

Ich liebte diese Idee. Ich griff in ein Regal, zog blind ein Buch heraus, schlug es an irgendeiner Stelle auf und las: »Hat die Geschichte mit dem Ingenieur sie nicht gelehrt, dass Liebesabenteuer nicht mit Liebe zu tun haben?« Es war ein Zitat aus Kunderas *Die unerträgliche Leichtigkeit des Seins*, Seite 153.

»Du lügst«, sagte er traurig. »Und überhaupt, lass diesen esoterischen Quatsch.«

Aber ich wusste, ich hatte recht.

Eine Rose

1

Ob er es ihr wohl sagen würde, wenn er nach Hause kam? Und wenn ja, wie würde sie reagieren? Jetzt nicht an die andere denken, befahl ich mir. Durch Grübeln würde ich bloß alles kaputt machen. Ich versuchte mich zu beruhigen, indem ich die letzten Stunden noch einmal Revue passieren ließ und mir vorstellte, wie erstaunlich sanft sich die Haut seiner Lenden angefühlt hatte, als ich sie ekstatisch umfasste. Aber ich konnte die aufkommende Panik damit nicht abwehren. Ich fühlte mich entsetzlich einsam in meinem WG-Zimmer, das nicht mehr als die allernotwendigsten Dinge wie Matratze, Tisch, Stuhl und Stereoanlage enthielt, und fand, dass sich jetzt sogar die Rhythmen der Talking Heads unerträglich schrill anhörten. Am liebsten hätte ich ihn angerufen, aber das war überhaupt nicht möglich. Ich musste warten, bis er sich bei mir meldete.

Ich sehnte mich nach jemandem, mit dem ich meine Ängste und mein Glück teilen konnte, aber gleichzeitig sah ich voraus, dass ich dann unweigerlich gezwungen sein würde, mit intimen Details herauszurücken – und so ließ ich lieber die Finger vom Telefon. Stattdessen versuchte ich mit der Einsicht klarzukommen, dass ich auch in Zukunft zwangsläufig die meiste Zeit ohne ihn verbringen würde.

Dieser Abend »danach« war eine harte Lektion bezüglich der Intensität und der Größe an Einsamkeit, die eine Geliebte hinnehmen muss. Aber nichts davon war noch von Bedeutung, als er am nächsten Morgen anrief und wir uns Unfug und heiße Versprechungen ins Ohr flüsterten.

Solange es ging, stellten wir keine Fragen. Was sich außerhalb von uns beiden befand, existierte nicht, jedenfalls nicht, wenn wir zusammen waren. Natürlich war es unvernünftig, kindisch und verrückt, und wir wussten, sehr bald würde uns die Realität einholen, aber die nächsten Wochen über gelang es uns, die Wirklichkeit so ziemlich auszublenden. Wir redeten wenig von realen Dingen, sondern hauptsächlich über uns. Ich fragte nicht mehr nach seiner Frau oder seiner Familie. Ich wollte nicht wissen, ob sie litten, und ich war egoistisch genug, um die Frage zu ignorieren, wie sehr er wohl an unserer immer heißer werdenden Leidenschaft füreinander litt.

Manchmal aber war es, als ob der Vorhang aus Schweigen riss, den wir über unser jeweils anderes Leben gelegt hatten. Ich erinnere mich, dass ich einmal zufällig mitbekam, wann seine Frau Geburtstag hatte – wir konnten uns an diesem Tag nicht sehen. Unsere stillschweigende Übereinkunft brechend, fragte ich ihn am nächsten Tag: »Wie war's?« Und statt meine Neugier mit irgendeiner Belanglosigkeit zufrieden zu stellen, schenkte er mir einen langen verlegenen Blick, dem ich entnehmen konnte, dass ich zu weit gegangen war mit meiner Nachfrage. Ich verstand, dass er mit ihr an diesem Tag geschlafen hatte.

Natürlich atmete ich weiter, wenn wir uns nicht sahen, ich aß, ich trank, ich rauchte, ich arbeitete, und gelegentlich lachte ich sogar, aber ich lebte nur auf das nächste Treffen hin. Ich ließ mich treiben, von einem Höhepunkt in Erwartung auf den nächsten, an dem wir uns wiedersehen würden, um uns irgendwo, meistens war es im Laden, mit fahrigen Händen hastig die Kleider vom Leib zu ziehen und uns zu lieben. Unsere unterdrückten Stimmen klangen heiser. Für solche Augenblicke setzten wir alles aufs Spiel.

Dann aber überkam ihn das schlechte Gewissen. Nicht wegen seiner Frau, behauptete er, über sie könne er sowieso nicht reden, nein, wegen mir. Er wollte sich rechtfertigen, und dafür hatte er sich eine eigene Philosophie zurechtgelegt. Sie beinhaltete die Kunst, die Dinge in der Schwebe und trotzdem am Laufen zu halten. Zyniker hätten gesagt, es sei die Kunst, einer Entscheidung aus dem Wege zu gehen. Aber ich war ja die Aufschieberin, und niemand hätte mehr Verständnis für seine Philosophie haben können als ich.

Er hatte mich – wahrscheinlich, um seiner Eröffnung einen offizielleren Rahmen zu geben – in ein Café bestellt, das praktischerweise ganz in der Nähe seiner Kanzlei lag. Es war eins dieser riesigen Lokale, die in meinen Augen prädestiniert für eine emotionale Niederlage waren, weil man sich an unzähligen Augenpaaren und Stuhlbeinen vorbei bis zu seinem Tisch vorarbeiten musste. Ständig bestand Gefahr, sich anzustoßen. Ich war in einem aufgelösten Zustand, weil ich es nur durch konsequentes Ignorieren aller Widerstände und mithilfe einer ziemlich entnervten Susanne in letzter Minute geschafft hatte, mich aus dem Laden zu entfernen. Aber er ignorierte es. Er wollte mich etwas fragen, das jedenfalls hatte er mir zu verstehen gegeben.

»Wird dir das genügen?«, fragte er also und schaute mich

nachdenklich mit zusammengezogenen Augenbrauen an. »Wird dir das genügen, ab und zu mal mit mir ins Kino gehen oder eine Stunde in einem Café wie diesem hier zu verbringen? Mehr kann ich dir nämlich nicht bieten.« Ich sagte nichts dazu, was hieß, ich war einverstanden. Niemals habe ich ihn gebeten, seine Frau zu verlassen. Das hätte er schon selbst tun müssen.

Wir betrachteten gemeinsam die Topfpflanzen, die Lampenschirme aus Stoff, die Brokattischdeckchen. Ich spürte die Wärme seines Beins an meinem. Ich war zu allem bereit.

Und dies war also sein Angebot, eine Liebe in Momenten. Der Moment, wenn die Straßenbahn abfährt und alle Gesichter sich nach hinten wenden, um zurückzuschauen, darunter ist auch meins. Der Moment, wenn wir uns mal wieder gestritten hatten und er greift nach meiner Hand. Der Moment, wenn es anfängt zu regnen. Der Moment, wenn der Refrain von Bruce Springsteens »Born In The USA« einsetzt. Der Moment, wenn es dunkel wird, der Moment, wenn das Telefon klingelt, der Moment vor dem Beischlaf, der Moment, ehe man sich erkennt, wenn man sich überraschend auf der Straße trifft.

Man kann sagen, ich hatte großes Glück, denn mein Liebhaber mochte die Frauen. Er hätte niemals ohne sie sein können. Er liebte ihr Aussehen, ihren Duft, ihre Anmut. Es gab immer eine, die ihm aus irgendeinem Grund auffiel, wegen ihres stolzen Ganges oder ihrer breiten Schultern. Männer sind so, behauptete er, als ich mich einmal darüber beschwerte, dass er neben mir ging und anderen Frauen nachschaute, und er habe deswegen überhaupt keine Schuldgefühle.

Es gab attraktivere Männer als ihn, witzigere, großzügigere. Aber er öffnete mir eine Tür zu mir selbst, sodass ich herausfinden konnte, was ich mochte und was nicht. Mit ihm kam ich bis auf Grund der Selbstvergessenheit und darüber hinaus. Und ich verspürte weder Scham noch Reue. Angeblich ist Ekstase keine Erfahrung, die man mitnehmen kann – und doch wird einem das Erlebte unauslöschlich im Gedächtnis bleiben. Der Sternenstaub meiner Erinnerungen, sein flüchtiges Glitzern, er verschönert die Welt.

Ich hatte Liebhaber vor ihm gehabt, sicher, aber es war nicht besonders aufregend gewesen, was dabei mit mir passiert war. Mein Geliebter war seinem Wesen nach viel freier und vor allem viel männlicher als seine Vorgänger. Ich musste erst ihn treffen, damit ich mein Verlangen fühlte. In einem gewissen Sinn wurde ich dadurch zu seinem Geschöpf. Ich versuchte ihm das begreiflich zu machen, wenn er mich, wie es doch vorkam, ganz gegen unsere Abmachung, eifersüchtig nach früher ausfragte. Gab ich einen Namen preis oder ein kleines Erlebnis, wollte er plötzlich davon nichts mehr wissen, sondern verfluchte jeden Mann, mit dem ich schon einmal etwas zu tun gehabt hatte.

Vielleicht hatte ich sagen sollen: »Was sind meine Exfreunde gegen eine Ehefrau? Gar nichts!« Aber ich sagte es nicht. Ich wollte nicht klagen, so hatten wir es schließlich ausgemacht.

»Du solltest in einem Keller leben, und nur ich wüsste von dir, dann hätte ich dich ganz alleine für mich«, phantasierte er finster.

In allen Einzelheiten malte er sich aus, wie er mich dann besuchte, mir Lesestoff und was zu essen brachte, bis ich beinahe Angst bekam, er könnte seine egoistischen Wünsche wirklich wahrmachen und mich irgendwo einsperren. Aber trotzdem, wenn ich ehrlich bin, die Vorstellung, ihm allein zu gehören, faszinierte mich. Sie ließ unsere Liebe nur noch viel leidenschaftlicher und gefährlicher erscheinen.

Wie nah kann man sich in einer Beziehung kommen? Er hatte sofort einen Blick dafür gehabt, dass sich hinter meiner störrischen und verstockten Fassade ein verschüchtertes Wesen verbarg, das darauf wartete, entdeckt und gefördert zu werden. Ich war es nicht gewohnt, dass mich jemand besonders beachtete. In meiner Szene gaben andere den Ton an, Ältere, die die Studentenbewegung wirklich miterlebt hatten. Ich lief auf der Suche nach mir selbst immer nur so mit.

Damals erschien mir die Arbeit eines Kritikers das Größte, was man erreichen konnte. Keinen Geringeren als Walter Benjamin vor Augen, versuchte ich den einen oder anderen kleinen Beitrag zu verfassen. Die Texte konnte ich manchmal bei einer Alternativzeitung unterbringen. Als ich ihm davon erzählte, ruhte er nicht, bis ich ihm die entsprechenden Ausgaben mit einer Widmung verehrte. Ich hätte mich am liebsten versteckt, aber durch sein Interesse, das mir aufrichtig erschien, waren meine Sachen irgendwie kostbarer geworden. Er würde bis ans Ende der Welt fahren, um einen Text von mir zu lesen, gab er mir zu verstehen. Also schenkte ich ihm ein Gedicht über uns:

Liebe

Mein Herz
ist ein blaues Haus
zwischen den Bäumen
im Wald

Meine Liebe
ist ein Vogel,
der hat sich ein Nest gebaut
auf dem Dach

Hört der Wind das Rauschen der Bäume?
Sieht die Sonne das Licht?
Kennt die Zeit die Tage, die gehen?
Zählt der Himmel die Wolken?

Das Haus weiß nichts von seinem Dach
Und braucht es doch.
Der Vogel fliegt
und braucht doch auch ein Nest.

Wie sehen uns an
Und können's nicht begreifen,
wenn wir auseinandergehen.

Er war nicht wirklich beeindruckt, höchstens ein wenig irritiert, dass ich von einem Auseinandergehen sprach. Eigentlich hielt er von Lyrik insgesamt eher wenig. Sie wäre mehr was für Frauen, behauptete er. Trotzdem, er fand es rührend, was ich da so zusammendichtete, und legte den

Zettel zu den anderen Botschaften, die ich ihm im Lauf der Zeit hatte zukommen lassen. Sie waren für später gedacht, um sich an die alten Tage zu erinnern.

Aber unsere Liebe machte ihm auch Angst.

»Sag deinen Freunden noch nichts von uns«, bat er mich. »Noch nicht.« Er tat so, als hätten wir ein Recht auf Geheimnisse, als würde Offenheit den Zauber zerstören. Er war wie ich und wollte die Konsequenzen für seinen Ehebruch hinausschieben.

Ich führte ein Buch, in dem ich Worte sammelte, die ich besonders beeindruckend fand. »Rau« gehörte dazu, »Regen« und »Vergissmeinnicht«. Ich erzählte ihm von meinen Plänen: In der ganzen Stadt wollte ich große Plakatwände bekleben, auf jeder sollte ein anderes Wort stehen, meine Einwortgedichte. Er schaute mir zu wie einem spielenden Kind, aber auf jeden Fall sah er mehr in mir, als ich mir selbst zutraute. Geduldig wartete er ab, wenn ich in meiner chaotischen Handtasche nach einem Stift fahndete und hektisch den gesamten Inhalt des Beutels auf den Fußboden schmiss. Ich brauchte damals viel Kram, an dem ich mich festhalten konnte, und ging niemals ohne ein Buch aus dem Haus, oft waren es auch zwei. Tigerbalsam, Tampons, Lippenstift, Feuerzeug und die Drahtbürste, um mein dichtes, widerspenstiges Haar zu bändigen, lagerten auf einem Bodensatz von Notizzetteln, entwerteten Fahrkarten und leeren Aspirinschachteln. Ebenso beharrlich wie ich versuchte, diese Müllhalde zu bekämpfen, wuchs sie wieder nach. Meine Tasche war so chaotisch und kompliziert wie mein Seelenleben.

Beim Schreiben benutzte ich einfache Ball Pens. Er bewunderte »meine schöne Handschrift« – und schenkte mir das »Meisterstück« von Montblanc mit Goldfeder, was natürlich zur Folge hatte, dass ich auch noch ein kleines Tintenfass mit mir herumtragen musste. Ich litt sehr an mir, aber ihn amüsierte meine Unordnung, und er küsste die Tintenflecke von meinen Fingern.

Ich ließ mein Geld in der Telefonzelle liegen, den Schlüssel in der Haustür stecken, und ich vergaß meine Papiere am Bankschalter. In meiner Panik rief ich ihn in der Kanzlei an, das waren seine großen Stunden. Er eilte herbei, trocknete meine Tränen und half mir, mich zu erinnern, wo die Sachen geblieben sein konnten. Er schüttelte nur den Kopf, aber der Himmel hatte ein Einsehen mit mir, und ich bekam fast jedes Mal alles zurück, was ich verloren hatte. Ich fand es tröstlich, dass er da war, wenn ich an mir selbst verzweifelte, weil ich alles gleichzeitig machen wollte und es zudem noch perfekt werden sollte. Aber ich hatte keine Ahnung, ob das ausreichte, um miteinander weiterzumachen.

Manchmal war er von einer großen Verhandlung erschöpft oder er machte sich Gedanken, weil es Probleme mit der Kanzlei gab. Er ließ sich jedoch niemals genauer darüber aus. War er auch erfolgreich, so war er trotzdem jemand, um den man sich Sorgen machen musste. Um ihn abzulenken, spielte ich ihm meine neuesten Albumentdeckungen vor. Von The Cure oder den Young Marble Giants. Zur Musik dieser Punk-Rock-Bands tanzte ich für ihn. War er in solch düsteren Stimmungen, redete ich viel. Eifrig versuchte ich ihn damit zu unterhalten, was mir tagsüber alles passiert war. Er fand es spannender als ich, dass ich am Morgen die Ladentür nicht hatte aufschließen können. »Eine turmhohe Lieferung hat den Eingang versperrt« – ihm zuliebe übertrieb ich maßlos. Ich sagte: »Der Antiquar hat tausend bibliophile Taschenbücher für den Ramschverkauf bestellt.« Er kommentierte nicht näher, was er von dem besorgniserregenden Ausverkauf von Büchern hielt, den wir in den Kisten betrieben, die draußen vor den Schaufenstern aufgebaut waren.

Er musste in Schwierigkeiten sein. Mich beunruhigte, wie müde er aussah.

»Erzähl weiter«, sagte er und schaute auf meinen Mund, während ich mit dem Reden fortfuhr. Das war so seine Art, sich auszuruhen.

2

Zufällig sah ich in der Auslage eines Antiquitätengeschäfts ein Paperweight mit einer roten Rose. Es erinnerte mich an die berühmte Zeile aus einem Gedicht von Gertrude Stein: »Eine Rose ist eine Rose ist eine Rose ist eine Rose.« Ich war entzückt und erzählte ihm davon. Tage später legt er mir ein schweres Päckchen in den Schoß, darin der Briefbeschwerer mit der roten Rose. Mein Liebster hatte einen besonderen Sinn für die Magie von geheimen Zeichen, mit deren Hilfe wir unsere Gemeinsamkeit beschworen. Dazu gehörten Fundstücke, die wir meistens in obskuren Ramschläden oder bei Trödlern fanden. Immerhin hatten wir uns ja auch in einem Antiquariat kennengelernt. Für seine Rose revanchierte ich mich später mit einem vergoldeten »Porzellanmohren«, der wegen seiner Zerbrechlichkeit zu einer Art Unterpfand unserer Liebe wurde. Bei jedem Krach drohte er mir an, ihn mir beim nächsten Wiedersehen in tausend Stücken zurückzugeben.

Meine einfachen Feinrippunterhemden kaufte ich in einem bestimmten Secondhandladen in einem Keller am Elisabethmarkt; es waren altmodische Dinger mit kleinen Perlmuttknöpfen am Ausschnitt. Er sonnte sich in dem Gefühl, dass nur er wusste, was ich unter meinem Pullover trug. Er schenkte mir Boxershorts, wie sie Madonna in dem Film *Susan … verzweifelt gesucht* vorgeführt hatte. Und wir verbrachten eine sehr vergnügliche Stunde damit, uns darüber zu unterhalten, welche Vor- und Nachteile für die weibliche Figur die verschiedenen Schnitte von Unterhosen hatten.

Ein blondes Haar auf seinem Kissen war der einzige Beweis, dass ich wirklich bei ihm war, heimlich, eine ganze Nacht lang. Wir hatten uns abends in sein Haus geschlichen. Ohne Licht zu machen, wegen der Nachbarn, führte er mich in sein Zimmer. Fluchend stieß er im Dunkeln überall an die Möbel, als wäre er selbst nur ein geduldeter Gast im eigenen Haus. Er hatte mich überreden müssen, damit ich mich überhaupt auf dieses Abenteuer einließ. Schon bei der Vorstellung, im gleichen Bett mit ihm zu schlafen wie seine Frau, hatte ich das Gefühl gehabt zu ersticken. Aber er beruhigte mich mit dem Hinweis, dass sie schon lange getrennte Zimmer hätten. Doch es half nichts, während wir uns durch sein Zuhause tasteten, fühlte ich mich wie ein Schwerverbrecher, der unbefugt in sein Leben einbrach.

»Bleib«, sagte er, während er mich am Ellenbogen an den Kinderzimmern vorbeidirigierte, »bleib, die Katze wird uns bestimmt nicht verraten.«

Ich umklammerte meine Tasche fester. Sein Zimmer war groß, dunkel, mit vielen Büchern, jeder freie Platz an den Wänden war mit Bildern vollgehängt.

»Das ist noch schlimmer, als ich es mir vorgestellt habe.« Hatte ich das wirklich gesagt oder nur gedacht?

Nachdem wir uns geliebt hatten, wollten meine Füße trotz doppelter Wollsocken einfach nicht warm werden. »Normalerweise werfen die Damen die Decken ab«, sagte er kokett. Ich konnte lange nicht einschlafen.

Er gab mir alte Schätze von sich, so als könnte er mir mit der Verantwortung für seine Vergangenheit die für unsere Zukunft gleich mit übertragen. Auch wenn das von außen vielleicht anders aussah, darin war ich ihm immer treu: Ich bewahrte seine Geschenke wie Reliquien auf. Der Kontakt mit diesen Gegenständen war ein ständiges Wiedererkennen, ein Wiederbegrüßen von etwas, von dem man glaubte, es längst vergessen zu haben, und um dessen Bedeutung nur wir beide wussten. Ein Goldkettchen seiner Mutter, das ich niemals anlegte. Eine alte Ausgabe von Robinson Crusoe, eine drehbare Sternenkarte, eine bunte afrikanische Glasperle. Wir hatten als Kinder die gleichen Träume gehabt – und uns möglichst weit weg von unseren anstrengenden Familien gewünscht. Er wollte Fußballstar in England werden und ich Archäologin in Kleinasien. Wir beide kannten nicht nur das intensive Glücksgefühl über den Kauf neuer Schuhe, wir empfanden auch eine unerklärliche Befriedigung über den Geruch von Schuhcreme beim Putzen des Leders. Umgekehrt verabscheuten wir ebenfalls die scharfen Duftwolken, die Frauen ausdünsten, wenn sie sich angewöhnt haben, zu viel Parfüm über sich zu verteilen.

Natürlich konnte man fragen, ob wir nicht irgendwann

genug von den geborgten Verstecken, den geheimen Plätzen, den verschwiegenen Ecken hatten, aber von mir aus hätte es immer so weitergehen können. Ich schien damals wie gemacht für einen Lebensstil, in dem man sein Geld unter die Leute brachte, keinen Besitz anhäufte und seine Liebe verschwendete, solange sie dauerte.

Wo konnten wir Zuflucht finden, wenn wir zusammen sein wollten? Das stellte sich bald als unser größtes Problem heraus. Am Wochenende gab es die Buchhandlung, aber wo konnten wir sonst noch hin? Wir hatten sehr bald genug von den ranzigen Kaffeehäusern, in denen wir uns herumdrückten, weil es draußen noch immer kalt und unwirtlich war. Für die Dauer unserer Affäre sollten sie uns trotzdem erhalten bleiben.

Es ist nicht mehr genau festzustellen, warum wir bei Udos Konditorei gleich hinter dem Sendlinger Tor eine Ausnahme machten. Ausgerechnet in diesen engen und mit schweren Möbeln völlig verstellten Laden hatten wir uns verguckt. Es muss wohl damit zu tun gehabt haben, dass wir uns in dieser bizarren Zuckergusskulisse unschuldig wie Kinder fühlten. Es hatte etwas Entlastendes an sich, dass die Kuchen vor Fett, Marzipan und künstlicher Speisefarbe trieften. Für meinen Geliebten, der sich kaum je etwas Süßes oder Kalorienreiches zu essen gönnte, war Tortenessen ein Abenteuer. Und er verleitete mich immer wieder dazu, mir eine von den bonbonfarbenen Kreationen auszusuchen, nur weil es ihm solchen Spaß machte zu sehen, wie ich beherzt mit dem Löffel in die Sahne fuhr.

Noch besaßen wir die Zauberkräfte aller Liebenden, die aus dem Nichts Dinge und Orte um sich herum neu erschaffen können, indem sie diese zu ihren gemeinsamen machen. Bedeutungen sind ein menschlicher Besitz, den einem niemand wieder nehmen kann.

Gerade weil es so wichtig für uns war, fanden wir es schwierig, uns auf einen gemeinsamen Anlaufpunkt zu einigen. Die Wahl fiel nicht bewusst auf den alten Südfriedhof, angelegt in der Form eines Sarkophags, sie war eher den örtlichen Verhältnissen geschuldet. Der Friedhof lag in der Mitte zwischen meiner Wohnung und seiner Kanzlei. Die Anlage mochte als städtebauliches Kleinod gelten, erst unsere Besuche machten sie aber zu einem verzauberten Ort. In einem gewissen Sinn waren die versinkenden Gräber mit ihren verwitterten Putten und Stelen ein natürlicher Aufenthaltsort für unglücklich Verliebte. Wie oft hat der Friedhof uns gerettet, wenn wir drauf und dran waren, uns zu verlieren. Häufig war es einfach nur der Gedanke, dass wir ja nie wieder zusammen über diese Sandwege schlendern könnten, der uns abhielt, vor unseren Nöten zu kapitulieren.

In jenen Tagen war ich ziemlich nahe am Wasser gebaut, und hier, auf dem Friedhof, achtete keiner auf uns. Ich konnte ungehemmt losheulen, wenn ich nicht mehr zurechtkam. Rannte ich weg, lief er mir hinterher und versuchte mich umzustimmen. Eigentlich wanderten wir weniger durch einen Park, sondern durch eine Art Seelenlandschaft. Diese Vertrautheit ging so tief, dass nicht einmal die vielen Ratten daran etwas ändern konnten. Durch das Fett vom Taubenfutter, das unverbesserliche Tierfreunde unter die Bäume streuten, bildeten die ausgehungerten Tiere besonders im Spätwinter einen wimmelnden, lebenden Teppich auf den Beeten. Aber selbst das konnte angesichts unserer eigenen Situation kaum mehr als einen flüchtigen Ekel auslösen.

Diese wenigen armseligen Orte waren unser größter gemeinsamer Reichtum; es war nur natürlich, dass wir eifersüchtig jede Einzelheit hüteten. Misstrauisch registrierten wir, dass auf dem Friedhof erst zwei Eschen gefällt wurden, später noch eine große Buche. Und wie bedauerten wir die Einführung von kalorieneinsparenden Joghurttörtchen bei Udo.

Wichtig waren uns auch unsere Streifzüge durch die Plattenläden. Genau wie die alternativen Buchhandlungen hatten einige von ihnen die Kultur des Protests aufrechterhalten. CDs waren gerade erst auf den Markt gekommen und schienen noch keine ernst zu nehmende Konkurrenz zu sein. Er, der niemals Lust gehabt hatte, sein Inneres der Musik anzuvertrauen, konnte sich jetzt stundenlang über die zusammengezimmerten Fächer mit den leeren Hüllen beugen, auf der Suche nach der optimalen Musik. Ihn so vor den Plattenspielern zu sehen, die großen Kopfhörer übergestülpt, auf dem Teller drehte sich »Radio Ga Ga« von Queen, war für mich wie ein Hoffnungsschimmer, ein kleiner Baustein zu unserer Gemeinsamkeit.

Nur ein Außenstehender hätte angenommen, dass dieser Kram tatsächlich unbedeutend war. Mein Geliebter dagegen lehrte mich, die Poesie von alten Gegenständen verstehen. Werkzeuge zur Erinnerung nannte er sie. Denn wir, die Geliebten, die im Geheimen blühen, wovon nähren wir uns denn, wenn nicht von den Signaturen solch unscheinbarer Kostbarkeiten, die unser Vorhandensein bezeugen?

Bessere Menschen

1

Okay, das war's. Weg. Ich wollte bloß weg. Das Einzige, was jetzt noch zählte, war, ihm zuvorzukommen und diejenige zu sein, die als Erste loslief. Er sollte mir nachschauen und sich wünschen, er könne mich irgendwie aufhalten, während ich halbblind vor Tränen durch die U-Bahn-Unterführung stürmte, die seit Wochen, die Bühne dramatischer Auftritte und Abgänge gewesen war.

Auf meiner überstürzten Flucht konnte ich nicht verstehen, was er mir hinterherrief, aber es hätte mich sowieso nicht aufgehalten. Oben angekommen hielt ich kurz inne und spähte über den Platz, doch da war niemand. Wie soll man die Leere beschreiben, die sich an der Stelle ausbreitet, wo gerade noch der geliebte Mensch gestanden hat, nachdem er einem mit hörbar beherrschter Stimme eröffnet hatte, »dass es eben nicht mehr geht«. Es war ein unsichtbares schwarzes Loch, ein Trichter, in dem unsere Träume von der Zukunft versanken. Mit tausend eisigen Wurzeln krallte sich in mir die Erkenntnis ein, ich würde ihn nie mehr wiedersehen.

Immer, niemals, nie – das ist das Vokabular, mit dem die Leidenschaft ihren Gefühlstotalitarismus auslebt. Nur Endgültiges kommt für sie in Frage. Was die Vernunft darüber denkt, klingt meistens bloß am Anfang gut. In unserem Fall hatte er sich entschieden, unsere »Sache« zu beenden. Angeblich hatte ihm seine Frau doch ein Ultimatum gestellt. So viel Rücksicht auf seine Ehe hatte ich ihm, ehrlich gesagt, nicht zugetraut.

»Du magst mich nicht mehr«, klagte ich. Falsch, ganz falsch, was redete ich da? Was man halten will, das muss man loslassen.

»Ich bin nicht so toll, wie du denkst«, versuchte er mich scheinheilig zu trösten.

»Woher weißt du denn überhaupt, wie toll ich dich finde? Das musst du schon mir überlassen.«

Sein kritischer Blick beunruhigte mich, er ließ mich an all meine Unzulänglichkeiten denken, mein ewiges Zuspätkommen, meine schlampige Kleidung, meine nächtlichen Eskapaden, die ich nicht lassen konnte.

»Ich bin eigentlich ein ganz bürgerlicher Mensch, der seine Familie liebt und Überraschungen nicht leiden kann.«

»Und warum«, fragte ich spöttisch, »hast du dich dann mit mir eingelassen?«

Man kann es ihm hoch anrechnen, dass er den in so einer Situation verständlichen Impuls, sich umgehend in Luft aufzulösen, unterdrückte und vorschlug, noch irgendwohin zu gehen, als könne die nächste halbe Stunde die Situation entschärfen. Ehe die Ewigkeit der nahenden Trennung über uns kam, retteten wir uns auf die gemusterte Sitzbank eines Cafés. In der Innenstadt gab es, wie gesagt, bestimmt kein einziges, das wir nicht irgendwann aufgesucht hätten. Dieses war besonders scheußlich, mit seinen klobigen Tischen, den funzeligen Hängelampen und den schreienden Farben der Polster. Und wenn es eines weiteren Belegs dafür bedurft hätte, wie heimatlos wir als Paar eigentlich waren, brauchte man nur dieses lausige Etablissement zu betrachten. Ich hielt es sowieso für wahrscheinlich, dass die unzähligen Tassen schlechten Kaffees, die wir im Laufe unserer Affäre in uns hineingeschüttet hatten, mit dazu beigetragen haben, dass er nun vor den sich auftürmenden Schwierigkeiten kapitulierte. Der sonst übliche Käsekuchen fiel diesmal aus, keiner von uns beiden hatte Appetit auf die übertrockneten Dreiecke aus der Vitrine.

»Du hast mich doch zuerst angemacht. Ich hätte bestimmt nicht nach dir Ausschau gehalten«, sagte ich gekränkt. »Ich hätte dich wahrscheinlich nicht mal bemerkt.«

Es empörte mich, dass er sich erst beharrlich über meine Skrupel hinweggesetzt hatte und mir jetzt die Schuld an den Problemen mit seiner Frau gab. Was hatte er eigentlich erwartet? Dass sie einfach nur zuschaute? Er rührte unbehaglich in der brackigen Flüssigkeit in seiner Tasse und schwieg.

»Kannst du mir vielleicht eine Antwort geben?«, forderte ich gereizt.

»Was willst du hören? Das hier ist kein Spiel. Nicht so wie in deiner Szene, wo's ja nicht so drauf ankommt. Die ganze Sache« – er sagte schon wieder »Sache« – »ist es nicht wert …«

»… dafür deine Ehe aufs Spiel zu setzen.« Ich beendete an seiner Stelle den angefangenen Satz. Verletzt, wie ich war, machte ich mich bereit, fluchtartig einen Abgang hinzulegen. Aber ganz so schnell wollte ich mich nicht geschlagen geben. Ich versuchte es mit Argumenten.

»Findest du es nicht ziemlich verlogen, was du da tust?«

Er schaute mich fragend an, schien aber im Grunde nicht

sonderlich darauf gespannt zu sein, was ich vorzubringen hatte. »Ich meine, sich den Besitzansprüchen deiner Frau zu beugen, wenn du doch in Wahrheit jemand anders begehrst.«

Ich glaube übrigens nicht, dass ich damals wirklich »begehrst« gesagt habe, wahrscheinlich eher: »... auf jemand anderen abfährst.« Oder: »... auf jemand anderen stehst.« Wie auch immer. Er mochte es nicht, wenn ich so derb und direkt daherredete, aber das war jetzt egal. Es hatte sowieso nur noch den Charakter eines Rückzuggefechts, wie ich ihn mit meinen Spontisprüchen – wenn man es denn so sehen wollte – zu überzeugen versuchte. Moralisch wusste ich das Recht auf meiner Seite, aber was nützte mir das. An dem kurz aufflammenden Eisblau seiner Augen konnte ich ablesen, wie sehr er sich zusammenreißen musste, mir überhaupt noch zuzuhören.

Wie schnell sich das Bild eines Menschen in unserem Bewusstsein ändert. Mir war, als erwachte ich und würde ihn als eine schon fremd gewordene, auffallend männliche Person mit einem kantigen Bauernschädel und etwas gelichteten Haaren sehen. Seine gewöhnlich frischen Wangen waren blass vor Anspannung. Und es wäre gelogen gewesen, hätte ich behauptet, dass er mir besonders sympathisch gewesen wäre. Plötzlich kam nämlich in ihm der erfolgreiche Anwalt zum Vorschein, der strenge Familienvater, der grundsätzlich erwartete, dass seine Anweisungen befolgt wurden. Seine Frau tat bestimmt alles für ihn. Nachher würde mir nichts als Trostlosigkeit bleiben, jetzt brachte sein Verhalten eine Welle von Scham mit sich, Scham darüber, dass ich meinen Stolz vergessen und um seine Zuneigung gebettelt hatte.

Ich mochte den Blick nicht, den uns der Kellner zuwarf, der ständig um unseren Tisch herumstrich und vorzeitig die Tassen abräumte, als wollte er uns auffordern, endlich zu gehen.

»Zahlen«, sagte mein Exgeliebter zu ihm, und in meine Richtung gewandt: »Heul ja nicht! Ich bin sofort weg, wenn du jetzt heulst.«

Aber ich hatte bereits die Beherrschung verloren und schluchzte heraus: »Na und, als ob das nicht scheißegal wäre.« Damit war ich auch schon draußen auf der Straße und rannte los. Der Rest ist bekannt.

Ich nehme an, wir beide waren felsenfest davon überzeugt, dass es zwischen uns tatsächlich zu Ende war – aber letztlich kann ich nur für mich sprechen. Paradoxerweise schien gerade der Grad unserer Verliebtheit keinen anderen Schluss zuzulassen. Unser extremer Zustand duldete keine Kompromisse, keine geringere Geste als ein Entweder-Oder. Ich wusste noch zu wenig über Abschiede, um zu begreifen, dass nichts ungeeigneter ist, als eine heiß kochende Affäre mit einer offiziell erklärten Trennung zu beenden. Der empfundene Schmerz ist hart, dennoch ist er notwendig, denn er dient der Absolution von dem vorher empfundenen schlechten Gewissen über den Ehebruch. Derart geläutert sind wir bald bereit wieder zu sündigen, bis es erneut unerträglich wird. Romantiker mögen diese Hochs und Tiefs die Gezeiten der Liebe nennen, ich selbst sah darin eine geniale Gefühlsökonomie des menschlichen Selbst. Auch sie unterliegt letztlich dem Gesetz der Entropie als Maß der Unordnung in einem System. Trennung reduziert unnötige Spannung und schafft gleichzeitig die Voraussetzung, sich wieder neu zu vereinen.

Zurück in meinem WG-Zimmer genoss ich das Gefühl, endlich allein über meinen Schmerz verfügen zu können. Ich redete mir meine Niederlage schön, indem ich in mein Tagebuch schrieb: »Ich bin ganz ruhig, vielleicht weil ich weiß, dass auch du noch an mich denken wirst.«

Ich malte mir aus, wie er zu sich nach Hause zurückkehrte, ein müder, verwundeter Krieger, der in den Augen seiner Familie dennoch nichts von seiner Größe eingebüßt hatte, verletzt zwar, aber siegreich im Kampf gegen das Böse. Das Böse, das war ich. Seine Frau, deren Gesicht ich nicht kannte, erwartet ihn. Sie schaut ihn an, er nickt und verzieht sich wortlos in sein Arbeitszimmer. Sie geht ihm nicht hinterher und hofft, dass sein Opfer nicht zu groß ist.

Das Bild von seiner geschlossenen Zimmertür half mir, die nächsten vierzehn Tage zu überstehen. Nach ungefähr einer Woche wuchsen die Intervalle, in denen ich gerade nicht an ihn gedacht hatte, auf immerhin zwei Minuten an. Allerdings wäre ich lieber nicht in den Buchladen gegangen. Die Arbeitstage zogen sich unerträglich in die Länge. Was an der Arbeit im Einzelhandel schon immer am erniedrigendsten war, nämlich das Warten auf Kunden, wurde in der Februar-März-Flaute zu einer echten Bewährungsprobe. Verirrte sich doch ein Mensch zu uns, war es aber auch nicht recht, weil ich jedes Mal zusammenfuhr, wenn die Tür aufging. Anschließend fiel ich vor Enttäuschung regelrecht in mich zusammen, wenn ich feststellte, dass nicht er, sondern ein anderer die Buchhandlung betrat. Es wurde schlimmer, je mehr sich der Ladenschluss näherte und damit der Abend von einem Tag, an dem er wieder nicht aufgetaucht war.

2

Das gleiche Spiel am Telefon. Wenn es klingelte, brandete mein Blut auf und schien mein Herz bis hoch zur Zimmerdecke zu tragen.

»Ja«, sagte ich erwartungsvoll. »Ach, du bist es.« Mit einem Ruck sank in meinem Inneren alles wieder an seinen richtigen Platz. Unverkennbar, die glockenhelle, leicht nervende Stimme gehörte zu Jutta.

»Wo bleibst du, es ist acht Uhr vorbei?« Sogar wenn sie sich ärgerte, veränderte sich rein gar nichts am süßen Klang ihrer Modulation. Ich erinnerte mich vage, vor etwa einem Monat zugesagt zu haben, als sie mich zum Essen einlud. Den Anlass hatte ich bereits vergessen. Einen Monat war das erst her – eine völlig andere Zeitzone, in der mich meine Umwelt verliebt und knisternd vor erotischer Energie gekannt hatte.

»Hallo?«, unterbrach sie mein Schweigen.

»Ich hab nichts gesagt«, antwortete ich.

»Keine Ausreden! Du kommst jetzt«, kommandierte sie streng. Man konnte ihr nichts abschlagen.

Jutta hatte ich zuerst für eine ganz normale Studentin gehalten, die ihre Fachbücher antiquarisch bei uns kaufte. Da wusste ich noch nicht, dass wir das gleiche Schicksal teilten: die Geliebte eines verheirateten Mannes zu sein. Sie war eine schmale Person, aber was zuerst an ihr auffiel, war das dichte, rotblonde Haar, das sie glatt den Rücken hinunterfallen ließ. Obwohl sie auf den ersten Blick unscheinbar wirkte, musste man sie trotzdem immer wieder anschauen. Nach landläufiger Meinung hätte man das wahrscheinlich der Wirkung ihrer ungewöhnlich grünen Augen zugeschrieben. Doch das stimmte nicht, allerdings brauchte ich eine Weile, bis ich darauf kam, was es wirklich war. Es lag an ihren leicht vorgewölbten Zähnen – sie hatte den Mund einer Fleischesserin mit kräftigen Reißern. Ein wenig erinnerte sie mich an einen Kobold. Sie werde nie braun, behauptete sie, stattdessen war ihre milchige Haut von Millionen von Sommersprossen übersät.

Es hatte mich schon immer interessiert, wie diese postmodernen Neubaupaläste mit ihren Erkern und Säulen eigentlich von innen aussahen, trotzdem hatte ich bei meinem allerersten Besuch bei ihr geglaubt, ich hätte mich in der Adresse geirrt. Aber da stand eindeutig ihr Name auf dem Klingelschild. Ich ertappte mich dabei, dass ich im Spiegel in der Eingangshalle kontrollierte, ob ich Lippenstift an den Zähnen hatte. Ihr Zuhause war genau das, was man ein Eineinhalb-Zimmer-Apartment mit Balkon nennt, eine für mich vollkommen ungewohnte Wohnform, und ich fragte mich, was ich eigentlich gegen die grauen Seidenvorhänge einzuwenden hatte, außer dass sie so exakt zum gelb-grauen Bettüberwurf passten (die Matratze selbstverständlich in Überbreite). Es stimmte alles, der weiche Teppich, die zierlichen chinesischen Lackmöbel, die beiden blauen Bodenvasen. Es stimmte alles, wenn man Frauen in Pralinenschachteln mag. Jutta war wohl ein solches Konfektstück, aber sie schien sich in ihrer Verpackung aus Satin und Seide sichtlich wohl zu fühlen. Das Grau brachte ihren matten Teint zur Geltung, und ihre Haare loderten wie Flammen um ihr schmales Gesicht. Ihre grünen Augen hatten den besorgten Ausdruck verloren, mit dem sie sonst durch die Seitenstraßen von Schwabing flatterten. Eine Art Honigaroma schien von ihr auszugehen. Wer war das noch gewesen, der bei ihrem Anblick gelästert hatte: »Bereit, sofort bestäubt zu werden?« Wahrscheinlich der Antiquar, der sie mit Stielaugen begafft hatte, aber sofort begriff, dass er bei ihr niemals zum Zug käme und deshalb sauer war.

Ihre gemusterten Strickkleider mussten Gott weiß wie teuer gewesen sein. Bevor ich Jutta kannte, hätte ich den Namen »Missoni« wahrscheinlich am ehesten als eine Parfümsorte eingeordnet. Ich fand, diese Kreationen wirkten immer etwas zu damenhaft an ihr. Und auch über ihre Pullis, wie den grünen mit goldenen Lurexfäden (Grün und Gold die Elbenfarben), konnte man durchaus geteilter Meinung sein. Aber mit seinen weit ausladenden Schulterpolstern ließ er ihre Hüften schmal wie die eines Knaben erscheinen.

Jutta gab selten Erklärungen ab, nicht deswegen, weil sie etwas zu verbergen hatte, nein, weil es für sie nichts zu erklären gab. Frühe Schönheit hatte hohe Erwartungen in ihr genährt, aber auch die Angst, dass sie sich nicht erfüllen würden. Das war der Bodensatz für eine latente Unzufriedenheit. Dennoch: Ich lernte von ihr, dass eine Prinzessin zu sein etwas war, was jeder Frau zustand, besonders einer schönen und jungen. Nicht dass sich dadurch an meiner eigenen verwuschelten Existenz irgendetwas geändert hätte. Aber ich empfand ihre kühle, quecksilbrige Geliebtenart als tröstlich, wenn mich die fiebrige Hitze meiner eigenen Affäre zu überwältigen drohte.

Bis zu diesem Abend, an dem ich verschnupft, mit geröteten Augen, in meinem zweifelhaften Kamelhaarjackett und total verspätet bei Jutta auftauchte, hatte ich die Gedanken an den Mann, der sich hinter dem ungewöhnlichen Luxus ihres Studentenlebens verbarg, immer beiseitegeschoben. Für mich war Rainer nicht mehr als ein Hintergrundgeräusch, das sich von Zeit zu Zeit mit dem Klingeln des Telefons bemerkbar machte, wenn uns seine unverhofften Anrufe aus unserer vertraulichen Zweisamkeit rissen und Jutta sich veranlasst sah, mich anschließend möglichst schnell hinauszukomplementieren. Wie hätte ich es ihr verübeln können, war ich doch auch eine Geliebte.

»Mist«, rief Jutta über das heftige Prasseln von heißem Fett hinweg, »die ganze knusprige Haut bleibt am Boden hängen, dabei hat die Pfanne ein Heidengeld gekostet.« Das kam häufiger vor, dass sie erwähnte, wie teuer die eine oder andere Anschaffung war. Ich sah es ihr nach. Mit ungewohnt eckigen Bewegungen lief sie nervös zwischen Herd und Spüle hin und her, schließlich gab sie etwas mehr Öl in die Pfanne. »Babyheilbutt«, fuhr sie fort, »sollte 'ne Überraschung für ihn werden, ihm zeigen, wie gut ich kochen gelernt habe. Hast du Hunger?«

»Ich?« Misstrauisch musterte ich, was ihre Kochkünste übrig gelassen hatten: eine in Stücke zerfallene Fischruine. »Wieso, wollte Rainer denn auch kommen?«

»Ich hab ihn auch eingeladen«, plapperte sie munter los. »Dachte, es macht dir nichts aus. Aber er musste zu Hause bleiben und die Kinder hüten. Seine Frau hat ihn dazu erpresst.« Mit einer wütenden Bewegung kratzte sie an der am Edelstahl fest geklebten Haut. Häuslichen Dingen maß sie sonst nur geringe Bedeutung bei. Im Allgemeinen vermied sie es, aufwendige Mahlzeiten zuzubereiten, ein Verhalten, das die von den ausgedehnten hausfraulichen Aktivitäten ihrer Ehefrauen erschöpften Männer ihren Geliebten durchaus zubilligen – wenigstens am Anfang einer neuen Beziehung. Einen besonderen Widerwillen hegte Jutta gegen jede

Art von Eintopfgerichten; gemäß ihrer Raubtiernatur begnügte sie sich meistens damit, im Stehen etwas kalten Aufschnitt und Salat hinunterzuschlingen. Dazu löffelte sie abwechselnd Senf oder Remouladensauce.

»Ich würde ’n bisschen Fond dazugeben«, schlug ich vor.

Sie holte eine Flasche Champagner aus dem Kühlschrank. »Komm schon, wir machen ihn auf«, drängte sie, als ich kurz zögerte. Sie war fest entschlossen, sich ihre gute Laune nicht verderben zu lassen. Durch gar nichts, auch nicht durch die Schwäche ihres Geliebten.

»Und dazu Musiiiik!« Jutta tippte auf die Fernbedienung.

Zu meinem Leidwesen hatte sie ein Faible für Sammy Davis jr. mit seinem ewigen »Mr. Bojangles«. Sie war auf dem besten Weg, sich in eine von ihren hypernervösen Stimmungen hineinzusteigern. Ich konnte sehen, wie sich der Flaum auf ihren Armen vor Unternehmungslust sträubte. Lauter kleine Antennen, die hochempfindlich auf die elektrische Energie reagierten, die in der Luft lag. Dabei wusste ich aus eigener Erfahrung, dass das auf jeden Fall mit einem Heulkrampf enden würde.

»Mehr«, sagte ich, den Sektkelch mit beiden Händen umklammernd, als Jutta mir nachschenkte. »Was is’n das für’n Zeug? Das ist doch kein normaler Champagner, oder?«

Die Bemerkung war eigentlich unangebracht, weil ich nicht das Geringste von Champagnermarken verstand, aber der Alkohol mit seiner enthemmenden Wirkung war mir sofort in den Kopf gestiegen. Doch Jutta war mir nicht böse.

»Stimmt. Die Flasche hat bestimmt hundertfünfzig Mark gekostet. Der kauft keinen Veuve Cliquot, das ist dem viel zu profan.« Sie kicherte, aber es klang nicht fröhlich. Meine harmlose kleine Bemerkung, dass das wohl kein gewöhnlicher Champagner wäre, was wir da tranken, schien eine bestimmte Saite in ihr angerührt zu haben.

»Normal? Das kenn ich gar nicht mehr«, meinte sie nachdenklich. »Dieser Mann ist das echte Gegenprogramm zur Normalität!«

Ihr Ausruf erstaunte mich. Sie klang verzweifelt. Dabei hatte ich bisher die vage Vorstellung gehabt, dass ihre extravaganten Ansprüche der Grund waren, warum sie mit ihm zusammen war.

»Ist er denn nicht toll?«, fragte ich so beiläufig wie möglich – eigentlich war es ja zwischen uns ein Tabu, über unsere Beziehungen zu sprechen.

Aber meine Freundin musste sich etwas von der Seele reden. »Rainer macht in Aktien, er macht in Häusern, er macht in Rennautos, und außerdem hat er noch mindestens fünf Kinder.«

Von allem viel zu viel, dachte ich.

Jutta dagegen suchte nach Balance. Innere Balance, das war ihre Waffe gegen äußere Demütigung. Sie konnte den ganzen Tag in ein und derselben weißen indischen Bluse herumlaufen, und das Teil wies am Abend nicht einmal eine Knitterspur auf. Es war geradezu einschüchternd zu beobachten, wie behände und zierlich sie ein Brötchen aß, ohne dass auch nur ein Krümel auf das Tischtuch fiel. Manchmal hatte ich sie im Verdacht, ein Schmutz abweisendes Ganzkörperspray zu benutzen, falls es so etwas überhaupt gab.

Unter der makellosen Emaille ihrer gepflegten Erscheinung trug sie von ihrer Umwelt weitgehend unbeachtet einen großen Wunsch mit sich herum. Er hieß: Wann wird er sich endlich scheiden lassen und mich heiraten? Diese

Frage hatte ihren Ursprung nur vordergründig in Enttäuschungen wie jener, dass er sich von seiner eifersüchtigen Frau hatte bereden lassen, einen ihr zugedachten Abend stattdessen mit seinen Kindern zu verbringen. Nein, ihre Verunsicherung reichte tiefer, weit zurück bis zu den Anfängen der Menschheit, wo sich in den Horden der Vorzeit die Nebenfrauen vor der Autorität der Hauptfrau ducken mussten. Jutta besaß spitze Tierohren, die auf jede noch so feine atmosphärische Schwingung reagierten. Ihre beweglichen Füße konnten jeden Zeh einzeln spreizen. Sie hatte etwas anziehend Animalisches.

Wie alle Frauen stand sie in Verbindung zum Wissen, das Generationen von Frauen vor ihr in ununterbrochener Folge weitergegeben hatten, immer von der Mutter zur Tochter. Es war ein Kontinuum des Lebens, von der Ursuppe über Algen, Echsen und die ersten Säuger, erhalten in den Mustern unserer DNA. Aber ihr Körper weigerte sich einfach, diese zu reproduzieren.

Ein Kind von ihm, das wäre ihr Sieg gewesen. Aber sie wurde einfach nicht schwanger. Monat für Monat das gleiche Erwachen aus einem Traum, wenn sie das Rot im Slip fand und für ihn wieder nicht mehr als seine Geliebte war. Die Selbstzweifel würden, wie Jutta bis hinunter in die feinen verschlungenen Strukturen ihres limbischen Systems, dem ältesten, für Gefühle zuständigen Teil des Gehirns, sehr wohl ahnte, nur durch eine eigene Schwangerschaft ausgelöscht werden können.

Männer werden magisch angezogen von jungen Frauen ohne Macht. Unsere Geliebten waren scharf auf uns, weil wir nichts hatten. Egal ob man uns nun ein Essen spendierte oder eine Wohnung einrichtete, ob man uns eine blaue Wollmütze schenkte oder eine Handtasche von Prada – sie waren unsere Gönner, und wir mussten ihnen für alles dankbar sein. So ein Glück, sagten Jutta und ich uns deshalb immer wieder, darüber, dass wir beide uns gefunden hatten, Schicksalsgenossinnen beim Warten, beim Hoffen, beim Verzeihen. Er hatte Jutta einen Goldreif an den Finger gesteckt, drei Steine in den Farben Blau, Rot und Grün waren darauf angeordnet: Glaube, Liebe, Hoffnung. Die Zukunft würde zeigen, was dieses Versprechen wert war.

Vielleicht war unser unfreiwilliges Zwillingsdasein sonderbar, aber es machte es leichter, Abende wie diesen zu ertragen. Jutta mehr oder weniger eingesperrt in ihr kleines niedliches Puppenhaus, und meine gedemütigte Seele immer noch empfindlich wie rohes Fleisch. Gemeinsam bildeten wir eine Verschwörung gegen die Schmach, die Zweite zu sein. Das ging bis dahin, dass wir uns, übermütig geworden, einredeten, es wäre im Grunde viel einfacher, ganz ohne Männer auszukommen.

Was uns betraf: Natürlich, wir waren jung, unsere Hälse straff, das Weiß unserer Augäpfel von bläulicher Reinheit, aber unsere bröckeligen Beziehungen brachten es mit sich, dass wir stärker auf die kleinen Zeichen der nahenden körperlichen Reife achteten, die eine Frau spätestens ab dreißig ereilt. Auch wenn wir noch nicht ganz so weit waren, es gab bereits kleine unliebsame Dellen, nachlassendes Bindegewebe und erste Faltenbildung. Jutta beklagte sich, dass ihre Beine nicht mehr so sportlich seien wie noch vor kurzem, und die Zornesfalte zwischen meinen Brauen wollte auch nicht mehr verschwinden. Wir verrieten uns gegenseitig kleine Tricks, wie Teebeutel auf die Augen legen, um die

Schwellungen nach dem Heulen zu kühlen, oder die Zähne mit Erdbeerpüree polieren. Und bei der Dessousfrage waren wir uns einig, nämlich bloß keine zu winzigen Slips zu tragen. »Ich mag sie nicht und er erst recht nicht«, bemerkte Jutta einmal zufrieden.

»Hab keine Angst, er kommt wieder«, tröstete sie mich nun, als sie meinen niedergeschlagenen Gesichtsausdruck bemerkte. »Sie kommen immer wieder, sie brauchen uns ja. Wie sollten sie ohne uns überhaupt irgendeine Hoffnung haben, bessere Menschen zu werden.«

Die meisten hintergangenen Ehefrauen konnten bei einer Geliebten natürlich nur eine Jüngere annehmen, die sich einen reichen Mann gekapert hatte, weil sie Komfort und Sicherheit suchte. Sie wussten weder etwas von unserer Fähigkeit zur Hingabe, noch hatten sie jemals von der Seligkeit gekostet, die nach endloser Trennung die süße Raserei einer gestohlenen Stunde schenkt. Auch die Demut, mit der Jutta ihre Abende meistens allein verbrachte, war ihnen fremd. Die Anbetung, die ihr dafür von ihrem Liebhaber zuteilwurde, konnten sie ihr nur missgönnen. Aber Jutta war gewiss die Erfahrenere und hatte längst begriffen, welches Kapital sich daraus ziehen ließ.

»Du musst noch viel lernen, meine Liebe. Der Altersunterschied ist nämlich das Einzige, was dir ein wenig Sicherheit gibt«, fügte sie hinzu.

Später traten wir auf ihren schmalen Balkon, um ausnahmsweise eine Zigarette zu rauchen. Ich schaute zum Himmel. Aus Traurigkeit hatte ich schon viel zu lange nicht mehr auf das Wetter geachtet. Als ich bei Jutta ankam, war tief am Horizont ein fetter Vollmond durch den flockigen

Vorfrühlingshimmel geschwommen. Jetzt hatte der Föhnwind fast alle Wolken vom Himmel gefegt. Die Erde hatte sich weitergedreht, während wir den Champagner tranken. Wie ein kalter Kiesel stand der Mond sehr einsam hoch über uns.

Bis zum nächsten Mal

1

Jutta hatte natürlich recht gehabt. Weise Jutta. Sie hatte es ganz richtig vorausgesehen. Die Geschichte zwischen ihm und mir war noch nicht zu Ende. Noch lange nicht. Vier Wochen hatte ich darum gekämpft, in mein altes Leben zurückzufinden, das mich weniger interessierte denn je, und ich fühlte mich von dieser vergeblichen Anstrengung ausgelaugt und leer. Da meldete er sich plötzlich wieder und tat so, als ob überhaupt nichts gewesen wäre und wir uns erst knapp eine Stunde zuvor voneinander verabschiedet hätten.

Ich weiß noch, dass ich gerade damit begonnen hatte, das in WGs übliche extralange Kabel zu entdrillen, mit dem man sich mit dem Telefon in sein Zimmer zurückziehen konnte, um stundenlange Gespräche zu führen, das aber leider die unangenehme Eigenschaft hatte, sich ständig zu verdrehen. In diesem Moment klingelte plötzlich der Apparat. Ich brauchte keinen siebten Sinn, um zu begreifen, dass es so früh an einem Sonntagmorgen nur er sein konnte, der bei mir durchläutete. Und ich fühlte, wie sich in meiner Brust mein Herzschlag beschleunigte, während sich die endlose Leere der letzten Wochen auflöste und verschwand.

»Ja«, sagte ich.

Er: »Ja, ich bin's.«
Ich: »Was gibt's?«
»Kann ich dich sehen?«
»Ja.«

Das war's. Mit einem Gähnen war das Tier in mir aufgewacht, streckte sich und war wieder da.

Ich empfand keinen Triumph. Es kam mir so lapidar vor, wie selbstherrlich er über mich verfügte. So oft hatte ich mir unser Wiedersehen ausgemalt, und in meinen Tagträumen waren ganz andere Szenen vorgekommen. Szenen, in denen er voller Verzweiflung an einem unserer alten Plätze auf mich wartete. Ich wäre ganz zufällig vorbeigekommen, und er wäre auf einmal leise aus dem Schatten getreten und auf mich zu. Dann hätte ich wenigstens keine Zeit mehr zum Überlegen gehabt.

Aber so hätte ich mich am liebsten irgendwo versteckt. Wie wird er mich wohl jetzt finden? Fremd? Gealtert? Ich fragte mich dies entnervt. Ich hatte Gewicht verloren, und möglicherweise hatte ich mich auch sonst zu meinem Nachteil verändert.

Nervös sah ich in den Spiegel und betrachtete kritisch meine Blässe. Ich sah Missverständnisse aller Art voraus und machte mir Sorgen. Kein Wort am Telefon davon, was er eigentlich von mir wollte. Kein Wort darüber, ob seine Frau von seinem Anruf bei mir wusste oder ob sie sich vielleicht inzwischen darauf geeinigt hatten, seine Beziehung mit mir einfach zu tolerieren. Am meisten beunruhigte mich aber der Gedanke, er könne sich womöglich meinetwegen von seiner Familie getrennt haben. Was sollte ich dann mit ihm anfangen? Auf so eine Entwicklung hatte ich es wahrhaftig nicht angelegt.

Nichts davon war wahr, trotzdem bereute ich schon, mich so bereitwillig auf seinen Vorschlag eingelassen zu haben, sich für denselben Nachmittag zu verabreden. Als ich dann schließlich in der treuen Gesellschaft meiner Zweifel den gleichen Weg bis zum Isartor eilte, den ich im Winter so oft entlanggerannt war, überkam mich angesichts des Drängens der Grasspitzen nach außen und des wilden Knospens und Sprießens in den Grünanlagen ein Frühjahrsentsetzen. Ich schauderte vor dem wirren Wachstum zurück, das ungeniert überall hervorbrach und sich nicht um die von Hundekot beschmutzte Erde, nicht um die dreckigen Haufen zusammengekehrten Rollsplitts, nicht um nasse Papierfetzen und weggeworfene Zigarettenkippen scherte. Das grelle Sonnenlicht blendete mich. Wie immer im Frühling, bevor die Blätter herauskamen, hatte es eine weiße Härte, die jeden Makel bloßlegte. Ich fühlte mich wund und sehr verletzlich.

So kompliziert das Ritual unserer Abschiede auch stets gewesen sein mochte, von den Schwierigkeiten beim Wiedersehen wurde es noch bei Weitem übertroffen. Bisher hatte schon eine Trennung von wenigen Tagen, eine kurze Phase der Abstinenz genügt, um eine weite Distanz zwischen uns zu legen. Wie so vieles anderes im Leben, ergab sie sich aus dem Unterschied zwischen Erwartung und Enttäuschung.

Ich kannte niemanden, der so skeptisch schauen konnte wie er. Doch genau darin lag etwas ungeheuer Verführerisches für mich, und auch für andere Frauen. Sie suchten seinen Blick – das hatte ich schon öfter beobachtet. Irgendetwas in der Art, wie er sie anschaute, vermittelte ihnen die Illusion, besser auszusehen. Und wie sie brauchte ich sein

Interesse, es hob mich aus dem Dunkel der Durchschnittlichkeit heraus.

Ich bemerkte, dass ich auf seinen Anblick nicht vorbereitet war. Nicht darauf, dass er genau an derselben Ecke vor McDonald's stand, wo er sonst auch immer gestanden hatte, als hätte er die vergangenen Wochen dort unentwegt auf mich gewartet. Er war unrasiert, und sein gestreiftes Hemd war so zerknittert, als hätte er, obgleich es Sonntag war, in seinem Büro übernachtet. Er sah auf eine herzzerreißende Art und Weise schlecht aus, aber am meisten bewegte mich der Gedanke, dass es unter Tausenden von Männern keinen anderen für mich gab als ihn. Zuerst konnte ich keine Einzelheiten erfassen, aber sofort war mir die angespannte Ungeduld, die mir seine kompakte Silhouette vermittelte, wieder vertraut. Er war es, er war es wirklich. So lange hatte ich versucht, die Züge seines Gesichts vor meinem inneren Auge zum Leben zu erwecken, sie waren undeutlich geblieben, Schemen, die verblassten, je mehr ich versuchte, nach ihm zu greifen. Und auch er wirkte von der Wucht des ersten Eindrucks nicht weniger überrascht als ich. Nur der tiefen Kerbe zwischen seinen Augenbrauen war zu entnehmen, wie sehr er sich anstrengen musste, um seine Erinnerung und die junge Frau, die ihm da in meiner Person entgegenkam, zur Deckung zu bringen. Zu verschieden war ich von dem Bild einer strahlenden höheren Tochter, das er in seinem Inneren mit sich herumtrug. Eine kurze Spanne, nicht länger als das Intervall zwischen zwei Herzschlägen, hatte ich den Eindruck, ins Leere zu fallen – bis ich in seinen Augen endlich das Wiedererkennen fand, nach dem ich mich gesehnt hatte.

Wir küssten uns nicht. Das wäre zu banal gewesen. Wir

wussten beide, es gab kein Happy End. Ich war gekommen, und damit gut. Stattdessen tastete er unsicher nach meiner Hand. Seine war warm und lebendig, mit empfindsamen Fingerspitzen, deren Sanftheit ich kennengelernt hatte, als sie die Geheimnisse meines Körpers erkundeten. »Du musst eigentlich meine Hände lieben«, hatte er einmal zu mir gesagt, und obwohl ich über seine Selbstsicherheit verblüfft war, hatte ich ihm im Stillen recht gegeben. Ich überließ ihm meine linke Hand, er hielt sie ganz fest, als gehörte sie ihm.

»Was wollen wir machen? Wo sollen wir jetzt hingehen?« Wir sahen uns fragend an. Keiner von uns beiden hatte weiter gedacht als bis zu dem Moment des Wiedersehens. Mir kam in Sinn, dass er mir einmal erzählt hatte, seine Frau werfe ihm vor, wir verhielten uns verantwortungslos wie Kinder. Und wie Kinder, wenn sie von zu Hause weglaufen wollen, streunten wir jetzt auch einfach in der Stadt herum. Als wir Hunger bekamen, kauften wir uns unterwegs in einem Kiosk eine Brezel (er) und eine trockene Mohnsemmel (ich). Spazieren gehen, in Bewegung sein – alles war besser, als irgendwo zu sitzen, sich anzustarren und zu Geständnissen gezwungen zu sein.

Ursache und Wirkung. Dieses Gesetz gilt auch für unsere Taten. Es gibt nichts umsonst, denn für alles, was wir machen, müssen wir den Preis bezahlen. Wir versuchten dennoch möglichst nicht an die Folgen unseres Wiedersehens zu denken, während wir nun die Isar flussabwärts entlangliefen. Ich war von nichts anderem erfüllt als dem Glücksgefühl zu spüren, dass er neben mir ging.

»Freust du dich?«, fragte er, als wäre jetzt alles wieder gut.

Ohne uns der Tragweite wirklich bewusst zu sein, ahnten wir beide, dass mit seinem Anruf etwas sehr Wichtiges vorgefallen war. Die Phase, in der man sich und anderen vormachen konnte, das Ganze habe nichts weiter zu bedeuten, war unwiederbringlich beendet. Und trotzdem brachten wir es auch diesmal fertig, die entscheidenden Punkte auszusparen. Denn die Art, wie wir zusammen waren, schloss jede grundsätzliche Festlegung aus. Sie würde sich nachher ja doch wieder als hinfällig erweisen. Weil wir uns nicht entscheiden konnten, nicht füreinander und auch nicht gegeneinander, würden andere für uns leiden müssen. Das billigend in Kauf zu nehmen, war unser eigentliches Vergehen. Sollte also das und alles, was noch passieren sollte, jemals vor irgendeinem hohen Gericht verhandelt werden, so bitte ich strafmildernd zu bedenken, dass es sich bereits an jenem schicksalsschweren Sonntagmittag endgültig als eine Illusion erwiesen hatte, wir wären Herr unserer Lage. Wir hatten die Kontrolle über uns verloren, weil die Zeit in einem wilden Strom an uns vorbeirauschte, und wir saßen einfach mitten in diesem Strudel. Und so kam seine Rückkehr zu mir einer Kapitulation ziemlich nahe. Es war eben nur eine Liebe auf Bewährung.

Obwohl ich es mir vorher fest vorgenommen hatte, schob ich es deshalb immer wieder hinaus, ihn zu fragen, ob er denn nicht mit seiner Frau gesprochen hätte. Und umgekehrt schien er auch um jeden Preis vermeiden zu wollen, dass dieser Punkt erwähnt wird. Wenn man den Eindruck haben konnte, wir steuerten mit unserem Gespräch in gefährliches Fahrwasser, lenkte er geschickt vom Thema ab.

»Guck mal!«, beschwerte er sich, um mich auf andere

Gedanken zu bringen. »Es wird wieder Mai werden, bis die Stadtreinigung endlich den Rollsplitt von den Fahrradwegen fegt. Dabei hat die Rennradsaison doch beinahe angefangen.«

Es schien lange her, als wir uns ausgemalt hatten, wie es sein würde, zusammen Rennrad zu fahren. Er hatte sich doch eine Freundin mit Lust am Radsport gewünscht. Jetzt hatte er in mir jemanden, der ihn auf seinen einsamen Ausfahrten begleiten konnte. Ich verstand, dass er mich auf diese Weise fragte, ob ich bei meinem Vorsatz geblieben war, mit ihm auf Touren zu gehen.

So weit konnte ich nicht denken, bis zum Sommer. Die Laubbäume sahen noch schlank aus ohne ihre Blätter, und der Fluss in seinem weißen Kiesbett war lediglich ein belangloses Rinnsal. Die Schneeschmelze hatte bislang nicht eingesetzt.

Ein Sonntagnachmittag an der Isar war voller Gefahren für ein händchenhaltendes Paar, das nach längerer Trennung versucht, sich endlich auszusprechen. Wir hatten entweder die Wahl, uns in unserer Schrittfolge unter all die glücklicheren Pärchen einzureihen oder zu ertragen, dass unser Tempo quer zu ihrem stand. Zum Ärger der hinter uns Gehenden, die jedes Mal fast in uns hineinrannten, konnten wir die Spur nicht halten. Wir stoppten immer wieder plötzlich ab, um uns anzuschauen, als wäre im Gesicht des anderen eine Antwort darauf zu finden, wie es nun weitergehen sollte. Oder aber ich beschleunigte den Schritt, im unbewussten Drang, von ihm wegzulaufen, wenn mich zwischendurch der Kummer überwältigte. Ich war ja der Anlass für dieses ganze Unglück.

Ob wir wollten oder nicht, wir kamen an die Isar zurück.

Trotz allem Wirrwarr in uns und um uns war der Weg am Ufer doch so etwas wie ein gemeinsamer Weg. Aber schon sehr bald begann ich mich davor zu fürchten, wenn er zu Ende sein würde und jeder in seine Richtung abbog.

Drei Kilometer Strecke hätten nicht ausgereicht, um herauszufinden, wie genau seine Nase nochmal im Profil wirkte, nämlich erstaunlich groß, wie ich fand. Und wie war das mit den gelben Pünktchen in meiner Iris?

»Würdest du mit mir ins Büro gehen?«, fragte er plötzlich.

Er tat so, als wäre es ihm gerade eingefallen. Dabei hatte er sich alles vorher zurechtgelegt, hatte unauffällig seine Kollegen ausgehorcht, ob sie planten, am Wochenende zu arbeiten, hatte – worum er sich sonst überhaupt nicht kümmerte – herausgefunden, wann die Putzfrauen erschienen. Aber er hatte Hemmungen, das zuzugeben. Sex im Büro, das war zu sehr ein Klischee, das klang verdammt nach schmuddliger kleiner Romanze.

Zartfühlend wollte er unbedingt den Eindruck vermeiden, es ginge ihm nur darum, mit mir zu schlafen. Doch im Grunde fand ich seine Rücksicht beinahe lästig. Sie erlegte mir eine Zurückhaltung auf, die ich nicht empfand. Denn ich hatte mindestens die gleiche Sehnsucht wie er, und mir genügte allein die Vorstellung, dass er mich berührte, um in Flammen zu stehen. Ich fand es ungerecht, dass er mir, seiner Geliebten, ungewollt zu verstehen gab, dass das Beste an ihr weniger wert war als richtige Liebe. Richtige Liebe ist eben für die Ehefrau bestimmt. Für mich gab es hastige Küsse, die harte Kante seines Schreibtischs unter meinem Hintern oder einen kratzigen Teppichboden. Aber auch die Gewissheit, dass ich ihm wenigstens meine bedingungslose

Hingabe schenken konnte und schon deshalb einen Vergleich nicht zu scheuen brauchte.

Während ich ihm zu dem großen Bürgerhaus folgte, in dem im ersten Stock seine Kanzlei untergebracht war, versuchte ich meine Bedenken wegzuschieben, die im Wesentlichen darin bestanden, dass ich mich fragte, ob ich es ihm nicht viel zu einfach machte. Immerhin hatte er mich erst vor wenigen Wochen weggeschickt. Wir gingen wie im Traum. Wir waren ganz allein. Niemand konnte uns sehen, ein Zauberer hatte seinen Tarnumhang über uns gelegt. Das Begehren stand wie eine unsichtbare Wand zwischen uns und der Welt.

Vielleicht aus Aufregung oder aus Unsicherheit, jedenfalls hatte er ziemliche Schwierigkeiten, das Sicherheitsschloss an der schweren Eingangspforte zu öffnen.

»Deswegen heißt es Schlüsselszene«, witzelte ich, als wir über den Mosaikboden im Eingang endlich zur Treppe gingen und anschließend in die Büroräume, in denen er arbeitete.

Er schwieg gespannt, offenbar erwartete er eine Bemerkung, über die Größe und die noble Einrichtung seiner Kanzlei, von der er mir schon oft vorgeschwärmt hatte. Diese hohen stuckverzierten Räume machten die erfolgreiche Seite seines Lebens aus, in die ich mich nun verbotenerweise einschlich. Ich bemühte mich, eine anerkennende Miene aufzusetzen, aber am liebsten hätte ich kehrtgemacht. Er muss meine Bedenken gespürt haben und zog mich mit einer zärtlichen Geste in sein Zimmer.

Wer einmal an einem Sonntagspätnachmittag in einem Büro war, weil er vorhatte, heimlich etwas zu tun, der weiß, wie still es dort sein kann. Es ist eine Stille, in der jedes

Geräusch überlaut zu sein scheint. Die Gefahr, erwischt zu werden, schärfte unsere Sinne und übertrug sich in einer Welle der Erregung. Wir drängten uns aneinander, er griff in mein Haar und zwang mich unter sich, unsere Kleider bekamen Flügel und segelten davon.

Hinterher fragte er mich, ob ich traurig sei. Ich antwortete mit einer Gegenfrage: »Warum?« Eigentlich war sie sinnlos. Ich wusste, dass er mit seinen Worten nicht den nahenden Abschied meinte, er hatte sich nur überlegt, ob ich vielleicht traurig sein könnte, weil ich mit ihm gekommen war – und jetzt alles wieder vor vorne anfing. Aber darauf hatte ich keine Antwort.

2

»Er ist verrückt«, sagte Chris, »das sieht man doch, aber du bist wahrscheinlich noch verrückter. Warum lasst ihr es nicht einfach bleiben?«

Chris und ich, wir hatten unsere Beziehung nie richtig geklärt. Er gab sich meistens damit zufrieden, mich zum Essen auszuführen und dabei unaufhörlich auf mich einzureden. Chris war solo. Er war einer, von dem Frauen sagten: »Er ist ein ganz Lieber.« Aber ins Bett gingen sie trotzdem mit anderen Typen. Um mit seiner Einsamkeit klarzukommen, hatte er sich angewöhnt, mit abgeklärter Ironie über die Dinge zu sprechen. Es machte sie erträglicher, auch seine Vorliebe für ganz junge Frauen. Chris hatte sein kaputtes Liebesleben in eine ebenso unerfüllbare wie alberne Neigung zu der gleichen Sorte langmähniger, langbeiniger Mädchen umgewandelt, wie sie der britische Fotograf

David Hamilton mit Weichzeichner vor der Linse verewigt hatte.

Chris hatte die Midlife-Crisis gerade erst hinter sich, aber es störte ihn kaum, dass ich ihn für seine sabbernde Altmännerleidenschaft einfach auslachte. Wir hatten uns schon oft genug darüber unterhalten, dass die Hingabe, mit der er sich der Feinschmeckerei widmete, der Sublimierung anderer Bedürfnisse geschuldet war. Er vertrat trotzdem unbeirrt die Ansicht, dass gerade in Deutschland die kulinarische Revolution der politischen vorausgehen müsse.

»Revolutionäre, die nicht genießen können, sind Unmenschen«, dozierte er mit einem liebevollen Blick auf seine getrüffelten Tagliatelle. Sonst hatte ich ihm meistens aufmerksam gelauscht, wenn er mir weitschweifend seine Ansichten darlegte, und mich dafür in seiner Anbetung sonnen dürfen. Im Zuhören war ich schon immer ziemlich gut gewesen, das ersparte mir so einiges. Dazu gehörte auch, mit den Augen Anteilnahme zu signalisieren und an den richtigen Stellen Fragen oder kleine bestätigende Kommentare einzuwerfen. Das betraf seine Erzählungen aus seinem Alltag als Gerichtsreporter so gut wie seine ausführlichen Gasthauskritiken. Aber in Wahrheit war es mir herzlich egal, wie lange der Parmesankäse, den der Koch über mein Rindercarpaccio gehobelt hatte, nun tatsächlich gereift war. Genauso wie mich Chris' begeisterter Bericht über den Sternenhimmel in der Wüste langweilte, weil er wörtlich wiederholte, was er über die letzten zehn Urlaube auch schon von sich gegeben hatte: Wir hätten alle vergessen, was die Finsternis sei. Am allerwenigsten konnte ich seinen bestimmt fürsorglich gemeinten Ratschlag gebrauchen, es mit meinem Geliebten besser bleiben zu lassen. Im Gegensatz zu ihm brauchte ich zum Ausgleich für das Scheitern der linken Ideen weder einen Lieblingsitaliener noch Abenteuerreisen nach Nepal, und schon gar nicht brauchte ich moralische Vorhaltungen.

Es war nicht wirklich Zorn, was bei unserem Gespräch in mir hochkam, eher ein wachsendes Gefühl der Verzweiflung über meine Unfähigkeit, mich verständlich zu machen. Und statt wütend zu widersprechen und meine Liebe vor ihm zu verteidigen, griff ich auf eine mir seit jeher geläufige Übersprungshandlung zurück und lachte Chris verlegen an.

»Du mit deinem Lachen«, sagte er wehmütig.

Meinetwegen konnte Chris recht haben mit seiner Behauptung, ich sei verrückt, weil ich die Affäre mit meinem Liebhaber wieder aufgenommen hatte. Alle waren froh gewesen, dass es zu Ende war, behauptete er. Aber seine Meinung interessierte mich nicht. Mich interessierte kaum noch, was andere über mich sagten, denn ich wusste schon im Voraus, worauf es hinauslaufen würde. Chris jedenfalls hatte sich vorgenommen, mich auf irgendeine Weise zur Vernunft zu bringen. Das viele Essen, das wir zu uns genommen hatten, trug dazu bei, dass ich mich träge und gereizt fühlte, und seine eindringliche Art zu argumentieren machte mich furchtbar ungeduldig.

»Siehst du nicht, was er mit dir macht?«, sagte er. »Du verlierst deine Selbstachtung. Er wird sich niemals trennen. Warum kannst du nicht einfach eine normale Beziehung haben, wie alle anderen auch?«

Das war eine rein rhetorische Frage. Er kannte die Antwort selbst. Sie hieß natürlich: Gerade deswegen, weil ich mir mehr erwarte, stürze ich mich in die abwegigsten Liebesgeschichten. Er kannte doch meine Misere mit Schmitt. Wie konnte ich einem guten Freund wie Chris das wohl begreiflich machen? Er konnte nicht akzeptieren, was ich tat. Deswegen war Mitleid mit mir die einzige Form von Verständnis, die er sich vorstellen konnte. Aber Mitleid war das absolut Letzte, was ich brauchte.

Wenn Chris mich damit nervte, dass er mich nur als ein Opfer männlichen Egoismus sah, dann nahm Susanne, die »Ladenmama«, so fand ich, die Angelegenheit viel zu leicht.

»Ich versteh eigentlich nicht, warum du dir so einen Kopf machst«, sagte sie, als ich ihr beichtete, dass wir wieder zusammen waren. »Das kommt doch andauernd vor, dass Männer eine Geliebte haben, davon geht doch die Welt nicht gleich unter. Genieß es, solange es dauert, und mach dir keine Sorgen wegen seiner Frau.«

Ich bedauerte schon, was ich ihr alles erzählt hatte. Zum Glück hatte ich wenigstens das Wichtigste verschwiegen, nämlich dass wir uns immer im Laden getroffen hatten, um miteinander zu schlafen.

»Du findest also, man kann machen, was man will, solange man sich nicht erwischen lässt, oder wie?«

»Auch das«, sagte sie mit einem leicht überlegenen Lächeln. »Aber ganz ehrlich bist du ja selbst nicht, oder hast du ihm schon von Schmitt erzählt?«

Obwohl ich fand, dass sie wirklich zu weit ging, in diesem Punkt musste ich ihr recht geben. Schmitt war immer noch im Ausland unterwegs, und auch wenn ich gegenüber meinem Geliebten mal etwas erwähnt hatte, ich konnte ganz gut so tun, als gäbe es ihn nicht.

»Du bist vielleicht moralisch«, sagte ich enttäuscht.

»Nein, du«, antwortete sie. Das war für Susannes Verhältnisse schlagfertig.

Auch Jutta wollte es nicht in den Kopf, warum ich ohne jede Bedingung zu ihm zurückgegangen war.

»Du hättest diese Möglichkeit ausnutzen müssen, ein für alle Mal die Konditionen festzulegen, zu denen du zu haben bist«, meinte sie am Telefon vorwurfsvoll, schockiert über die verpasste Gelegenheit. »Warum hast du mich bloß nicht angerufen?« Jedes Wort betonte sie einzeln, was verstärkt durch das Hörermikro sehr effektvoll war. In allen Belangen einer Geliebten erprobt, hatte sie kein Verständnis für meine Schwäche.

Meine Affäre schien ein Reizthema zu sein, da meine Freunde durchweg nichts Besseres zu tun hatten, als sie mir entweder auszureden oder – wie Susanne – zu behaupten, das wäre nur eine Episode und die würde bald vorübergehen. Ich konnte froh sein, wenn sie glaubten, ich hätte mich nur irgendwie verrannt, und nicht von Schlimmerem ausgingen. Bei Chris hatte es ja angeklungen, dass er mich für hörig hielt. Auch Seitensprünge unterlagen in der Szene einer anerkannten Form. Zwischentöne gab es da keine. Entweder sollten sie heimlich stattfinden oder der Beginn einer neuen Beziehung sein.

Ich hatte es bald satt, mich zu rechtfertigen. Zumal ich sowieso nur sehr unzureichend erklären konnte, was eigentlich in mir vorging. Warum konnten sie mich eigentlich nicht in Ruhe lassen? Was provozierte in meinen Freunden den Wunsch, mich zu retten? Sah ich leidend aus? Nein, jeder fand mich schöner denn je. Tat ich ihnen weh? Nein, ich hatte kein Versprechen gegeben und nachher gebrochen. Was war es dann? Warum ging jeder ganz selbstverständlich davon aus, dass ich nur darauf wartete, dass er seine Frau für mich verließ? Im Grunde wollten alle nur helfen, aber deshalb war ich einsamer denn je.

Zu viele Erklärungen hätten unsere Liebe nur kaputt gemacht. Wir selbst lebten ja auch nur immer auf das nächste Mal hin, weil wir nie genau wussten, wie es weitergehen sollte.

Was mir half, war meine Begabung für das Aufschieben. Denn um der zukünftigen Perfektion willen befindet sich quasi jeder, der seine Pflichten vor sich herschiebt, in einem Zustand des permanenten Regelbruchs. Ich war also seit langem trainiert darin, dem Druck meines schlechten Gewissens standzuhalten.

Verzauberung

1

Ich würde es wieder tun. Ich würde wieder durch den lichten Auwald kommen, über Schneeheide- und Graslilienfelder, über Schwemmholz und Kieselinseln zu unserem Platz an der Isar. Ich würde dorthin kommen, trotz all der Schmerzen und gebrochenen Versprechen, trotz aller guten Vorsätze, sich nie mehr zu sehen, wenn ich unseren Platz nur wiederfinden könnte hinter den Gebirgen aus Zeit. Nie wieder war ich so glücklich wie dicht neben ihm auf den warmen Kiesbänken zu liegen, über uns segelten träge weiße Haufenwolken. Für diese paar sonnendurchglühten Momente riskierten wir alles: Ehre, Freundschaft, Karriere, Ehe. Doch wir kannten keine Rücksicht, da wir mit solcher Besessenheit nacheinander verlangten. Unsere Treffen planten wir mit eiskalter Präzision. Gegen alle Hindernisse wie Schuldgefühle, Arbeitsstress, Vorwürfe und Verpflichtungen schafften wir es trotzdem uns zu verabreden, für den Nachmittag in Hohenschäftlarn. Ich sollte mit der S-Bahn zu ihm stoßen, er wollte in die Gemeinde im Voralpenland vorausfahren, die laut Kunstführer auf »beherrschender Anhöhe« über dem Isartal liegt. Dem Radler kam es nur gelegen, dass die »elegante Abfahrt in großen Serpentinen durch ein Waldstück bis zur Isarbrücke hinunterführte«.

Der logistische Aufwand, den es bedeutete, unsere Pläne sicherzustellen, kam beinahe einer Himalayaexpedition gleich. Wenn wir überhaupt einmal davon sprachen, welche Verstimmungen es bei ihm zu Hause gab, dann führte er natürlich das an, was zu seinem Gunsten sprach. Seine ständige Arbeitsüberlastung und die Anspannung seiner Frau deswegen. Ein Dauerkonflikt zwischen ihnen, erklärte er mir. Ich verstand, dass es um sein vieles Geld und ihre Abhängigkeit ging. Jedenfalls nahm er mit dem Vorwurf – ihr schlechtes Gewissen kühl einkalkulierend –, er habe ja immer viel zu wenig Zeit, um zu trainieren, sein Rennrad morgens mit ins Büro, ungeachtet ihrer misstrauischen Blicke. Oder sollte ich mir die Augen seiner Frau nicht eher unglücklich vorstellen? Denn es konnte ihr ja wohl kaum entgangen sein, warum er in letzter Zeit häufiger auf dem Rennrad saß denn je. Aber laut zweifelte sie seine Argumente nicht an. Im Büro weihte er seine Sekretärin ein, Termine mussten umgelegt und Ausreden erfunden werden.

Ich hatte dagegen keinen Plan. Umsicht war einfach nicht meine Stärke. Ich verachtete mich dafür, dass mich schon die einfachsten Entscheidungen – wie die Auswahl meiner Radkleidung – überforderten. Aber ich konnte nicht anders. Als hinge etwas davon ab, zögerte ich, ob mir Rot besser stand oder Blau, oder ob es nicht praktischer war, mit langem Arm oder doch lieber im ärmellosen Trikot zu fahren. Der hilflose Versuch, durch Detailversessenheit meine Gefühle zu ordnen, war von vornherein zum Scheitern verurteilt. Es endete schließlich damit, dass ich alles gleich mehrfach in den Rucksack stopfte. Ich weiß noch, wie mir die Hände beim Einpacken zitterten. Aber damit nicht genug, in der Buchhandlung fing der Ärger erst richtig an.

Ich hatte mich für den Frühdienst einteilen lassen, aber ich war mir nicht sicher, ob mittags die Übergabe auch klappte. Ab dreizehn Uhr klebte ich mit den Augen an der Ladentür, doch derjenige, der mich ablösen sollte, wollte einfach nicht einlaufen. Mit jeder Minute, die verrann, sank die Chance, die S-Bahn zu erreichen, mit der ich in den Süden von München fahren wollte – während im umgekehrt proportionalen Verhältnis die Größe meiner Anspannung wuchs. Es wäre gut gewesen, vorher etwas zu essen, aber meine Nervosität hatte das Hungerzentrum ausgeschaltet. Er würde schon unterwegs sein, verständigen konnten wir uns also nicht mehr, mobile Telefone gab es damals noch nicht.

Obwohl ich mich im Würgegriff meiner sich sekündlich verschärfenden Notlage befand, reagierte mein ganzer Organismus so, als hätte er eine lang entbehrte Droge eingenommen. Wie der Süchtige seinen Stoff braucht der Aufschieber seine normale Portion Stress, um er selbst zu sein. Als der Kollege dann endlich aufkreuzte – der Alkohol in seinem Atem strafte seine fadenscheinigen Ausreden Lügen –, war es aussichtslos, noch rechtzeitig in Hohenschäftlarn einzutreffen.

Aber gerade jetzt war ich in meinem Element. Wenn nicht die Bahn, dann eben die nächste. Eine wunderbare Klarheit bemächtigte sich meiner, und mein Verstand schätzte die verbleibenden Chancen im Verhältnis zu den sich laufend verringernden Möglichkeiten ab. Vor meinem inneren Auge erstand ein Ereignisbaum, dessen Verästelungen die jeweils günstigste Lösung in einer Wenn-dann-Relation ausdrückten. Angst und Zweifel waren von mir abgefallen, denn ich wusste genau, was zu tun war.

Ich ignorierte die Tatsache, dass ich in meinen weißen

Ballerinas schwer Halt auf den Rennpedalen finden würde, und meinen verdutzten Kollegen einfach wortlos stehen lassend, stieg ich in Straßenkleidung auf das Rennrad, fast hätte ich noch den Rucksack vergessen. Gemessen an der Abfahrtszeit der S-Bahn lag der Hauptbahnhof am günstigsten zu meinem Schwabinger Standort. Ich flog die Straße entlang, jede rote Ampel vorausahnend, konnte ich es fast immer vermeiden abzustoppen und unnötig Zeit zu verlieren. Fußgänger auf den Zebrastreifen waren Hindernisse, die ich mit traumwandlerischer Sicherheit umfuhr. Dann an einer Straßenbahnhaltestelle eine kurze Unaufmerksamkeit: Ich geriet in die Schienen, das brachte mich beinahe zu Fall, mein rechter Fuß schliff über die Straße. Mein blöder Schuh, ich hätte ihn beinahe verloren. Ich nahm mir eine kurze Atempause, um ihn wieder überzustreifen. Bloß nicht aufhalten lassen. Ich spürte, dass die Haut über dem Rist komplett abgeledert war – und jagte nichtsdestotrotz weiter. Auch die nächste Bahn hätte ich beinahe verpasst. Sie endete leider einige Stationen zu früh. Egal, der Rest würde sich ergeben, ich würde eben ein Taxi nehmen.

Als der Zug einfuhr, trug ich das Rad gerade die Treppen zu den Gleisen hinunter und konnte es im letzten Augenblick ins Innere des Wagons manövrieren. Ich sank auf eine Bank, bis mich die Unruhe wieder hochtrieb. Eine Fahrkarte hatte ich auch nicht, aber das interessierte jetzt nicht. Ein Schutzengel wachte über mich, da war ich mir ganz sicher, auf dieser Fahrt würde ich nicht kontrolliert werden.

Unschlüssig, was er tun sollte, hatte er in wachsender Aufregung auf mich gewartet. Nie war er seine Ängste losgeworden, dass ich irgendwann überhaupt nicht mehr auftauchen würde. O ja, ich beherrschte perfekt das Kunststück, mich selbst zum Geschenk zu machen. Und genauso sah es auch aus, als ich ihm von Höllriegelskreuth aus in einem Taxi entgegengefahren kam, das Vorderrad des Rennrads schaute aus dem Kofferraum, meine weiße Socke war blutdurchtränkt. Eine Trophäe meines Heldentums. Die Narbe ist immer noch zu sehen. Sogar der Fahrer lächelte gerührt über das Happy End, das er miterleben durfte. Mein Geliebter schimpfte, er lachte, die Wunde am Fuß musste sorgfältig untersucht und gepflegt werden. Ganz vorsichtig sollte ich ihm hinterherfahren, er war ja so stolz auf die Wahnsinnsaktion, die ich ihm zuliebe veranstaltet hatte.

Unserer Verrücktheit schien keine Grenze gesetzt, so wenig wie der Größe unserer Leidenschaft. In mir aber nahrten solche Ereignisse auf eine fatale Weise die Gewissheit, dass Verausgabung die einzige mir gemäße Form der Nähe sein konnte. Natürlich übersah ich dabei geflissentlich, was ein guter Psychoanalytiker mir auf den Kopf zugesagt hätte, dass der gefräßige Aufschiebeteufel in mir dadurch immer neue Nahrung und Bestätigung für seinen Perfektionismus fand.

Hier draußen, in der nahen Pupplinger Au, eine der letzten Wildflusslandschaften Europas, das war das wahre Leben. Was sich abseits davon abspielte, war irgendwie falsch, trübe, ein matter Schwarz-Weiß-Film, der in endlosen Wiederholungen das Warten auf unser nächstes Mal dokumentierte. Aufstehen, arbeiten, schlafen gehen, aufstehen. Sinnlose Stunden, weil wir sie ohne einander verbrachten, gefangen in unserer häuslichen Gewohnheit, die trotz all ihrer Jämmerlichkeit wie ein Bollwerk den Zugang zum Glück versperrte. Die Wildheit dieser amphibischen Urstromlandschaft mit ihren Inseln und verschlungenen Flussarmen schien dagegen unserer Sehnsucht recht zu geben.

Jetzt, im August, war die Zeit, wo das Wasser merklich zurückging und die Kiesbänke wie Wale ihre hellen Rücken aus dem dunkelgrünen Flusslauf hoben. Auch wenn das Naturschutzgebiet bei den wanderlustigen Münchnern schon lange kein Geheimtipp mehr war, hatte das Isarufer an dieser Stelle etwas Verschwiegenes, höchst Intimes. Der Auwald mochte licht und schwachwüchsig sein, aber man konnte ihn auf der narbigen Asphaltstraße ganz gut durchqueren, ohne überhaupt zu bemerken, dass man sich parallel zu dem Alpenfluss bewegte.

Anfangs waren wir auf unseren kilometerfressenden Touren einfach an dem verborgenen Wunder vorbeigekurvt. Aber eines Tages hatte ich meinen Liebsten dazu gebracht, einen nach rechts abzweigenden Forstweg zu wählen. Nach wenigen hundert Metern zwang uns der weiche Sand, von den Rädern zu steigen und zu schieben. Er litt, wegen der empfindlichen Felgen, aber er folgte mir mit einem feinen Prickeln einer unbestimmten Vorfreude. Die jahrhundertealten Kiefern mit ihren knorrigen Silhouetten machten zwischen den Grauerlen und Lavendelweiden einen rührend gebrechlichen und schutzbedürftigen Eindruck. Durch das, was uns passierte, wurden wir unfreiwillig zu Romantikern. Er hatte es bisher nie besonders mit der Botanik gehalten. Deshalb war ihm die Anteilnahme auch fremd, mit der er die Bäume betrachtete, die Blumen oder das Gras. Aber er konnte sich auch nicht dagegen wehren. Die rote Liste der geschützten Pflanzen: Pfeifengras, Knabenkraut, Frauenschuh und Tamariske klangen wie ein zärtlich obszönes Poem, das sich an mich, seine Geliebte richtete, die ihn mit ihren Versprechungen auf verschwiegene Freuden tiefer und tiefer in den Wald lockte. Früher hätte er sich niemals ohne Decke einfach ins Gras gelegt. Später gestand er mir, dass er sich gefühlt habe wie ein Satyr, ein Mischwesen ganz ohne Kleider, das aber in der Hast trotzdem vergessen hatte, seine Turnschuhe auszuziehen.

Am liebsten hätten wir die Au für uns alleine gehabt. Jeden Spaziergänger bedachten wir mit feindseligen Blicken und beobachteten kritisch, ob nicht durch ihn eine Bierdose oder eine Zigarettenkippe in den Wald flog.

Wir waren jetzt fast am Ufer angekommen. Der Weg war nur noch ein holpriger Trampelpfad. So schmal, dass wir nur hintereinander Platz hatten. Dabei mussten wir die Räder unangenehm nah am Körper führen, um dem stacheligen Unterholz auszuweichen – Pionierpflanzen, die dem Boden Zentimeter um Zentimeter abgetrotzt hatten –, bis sich wie eine gelungene Überraschung vor uns eine Landschaft aus Licht auftat. Der wolkige Kiesgrund schien sich in der Ferne mit seinem leuchtenden Gegenstück, dem Himmel, zu vereinen, unterstützt vom silbrigen Flirren der Weidenblätter.

Für ihn lief ich barfuß über die rauen Kalksteine. Er sollte stolz auf sein Naturkind sein, das jederzeit bereit war, sich bis zu den Hüften furchtlos in das reißende Bergwasser zu stürzen. Ich war mir nur allzu bewusst, wie sehr ihm das gefiel, und ich schenkte ihm dieses Bild von mir, wie sich meine Haut vor Kälte im unwillkürlichen Schauer zusammenzog.

Er selbst stolperte unsicher über die spitzen Steine hinter mir her. Zerquetschte dabei seltene Moose, brachte aber an der Uferböschung polternd die Brocken ins Rollen. »Als Kind habe ich auf den Stoppelfeldern hinter unserem Haus ohne Schuhe das Leder getreten«, rechtfertigte er sich. »Aber hinterher habe ich das Barfußlaufen total verlernt.«

Seitdem er mich kannte, hatte er das Gefühl, deswegen etwas sehr Wichtiges versäumt zu haben. Aber er schaffte es einfach nicht, seine empfindlichen Sohlen abzuhärten. Es blieben die verwöhnten Füße eines Stadtmenschen, der hier draußen auf dem Kiesgrund unbeholfen nach seinen Wurzeln suchte.

Wir schmiegten uns in eine Mulde, provisorisch geschützt vor alpinen Fallwinden und neugierigen Blicken. Hier gab es nur uns und das endlose Plätschern der Isar, ihr fernes Murmeln. Am freiesten und sichersten waren wir, wenn wir uns berührten. Haut an Haut gab es zwischen uns keine Missverständnisse mehr. Seine Hand auf mir und an mir, bis die ersehnte Ohnmacht kam und ich meine Lust in meine Hand hineinstöhnte.

Sooft ich in Gedanken an jene bestimmte Stelle am Ufer zurückkehre – wie ich später feststellte, überstand sie merkwürdigerweise das Hochwasser der nächsten beiden Jahre, bis sich nach einem ungewöhnlichen starken Regen der Verlauf des Hauptarmes der Isar verlagerte –, spüre ich, dass irgendetwas von uns dort zurückgeblieben ist. Es mag daran liegen, dass dies der Ort war, an dem wir uns unschuldig fühlten.

Das war der Unterschied zwischen ihm und mir, wie weit wir uns auch in die Ewigkeit verirrt hatten, er war vor mir in der Realität zurück. Es enttäuschte und verwirrte mich, dass er so schnell wieder Worte fand. Warum war das so bei ihm? Das Auftauchen aus den Tiefen des Rausches war unweigerlich – außer der unmittelbar einsetzenden Reue – mit dem Wiedererwachen des Zeitgefühls verbunden.

»Wir müssen bald gehen.« Er nestelte an seiner Armbanduhr, um herauszufinden, wie spät es war.

»Lass, ich sag dir ganz genau, welche Uhrzeit wir haben.« Ich sah nach dem Sonnenstand und sagte dann abwiegelnd: »Erst zehn nach drei, wir haben noch jede Menge Zeit.«

»Phantastisch. Fünfzehn Uhr und acht Minuten!« Er tat so, als staune er über die Genauigkeit meiner Schätzung. »Toll!«

»Weil ich im Gegensatz zu dir niemals eine Uhr trage«, erklärte ich ihm und stemmte mich auf die Unterarme. Auch wenn unsere Geschichte noch gar nicht so lange währte, kannte ich ihn mittlerweile gut genug, um zu verstehen, was das zu bedeuten hatte: Er wollte sofort nach Hause. Als hätte sich das Licht unmerklich eingetrübt, war der Zauber der vergangenen Stunden plötzlich verflogen.

Zeit! Gebt mir mehr Zeit! Denn Zeit ist die Währung, in der in einer außerehelichen Beziehung gezahlt und gebüßt wird. In der krisenhaften Ökonomie der außerehelichen Liebe übernimmt der Mann die Rolle desjenigen, der die Zeit spart und zuteilt, während die Frau den Part der Verschwenderin hat, die ständig versucht, ihren Geliebten zur Überschreitung seines eng bemessenen Budgets zu verführen. Immer ist er es, der unruhig auf die Uhr schaut und zum Aufbruch drängt, sie dagegen kommt sehr gut ohne Zeitmesser aus, besitzt wahrscheinlich noch nicht einmal einen. Ich jedenfalls hatte meine Rolex aus Stahl schon Jahre zuvor verbummelt und anschließend darauf verzichtet, mir einen Ersatz zu beschaffen. Abgesehen davon, dass mich der Verlust dieses Erbstücks wurmte, war es sowieso egal. Ob mit oder ohne Armbanduhr, im Leben und bei Verabredungen legte ich mich nur ungern fest.

Trotz ihrer hassenswerten Geduld mit ihm verhielt sich seine Frau genau wie vermutlich alle Frauen in solchen Fällen. Sie versuchte gemeinsam mit ihren Freundinnen in ausgedehnten Séancen am Telefon das verlorene Eheglück wieder heraufzubeschwören. Das einzige Thema: herauszufinden, was denn eigentlich mit ihm los war. Seine Wesensveränderung sei nur eine Phase, die bald vorübergeht, hofften sie. Die Rücksichtslosigkeit eines Vaters und Ehemanns, der es plötzlich vorzog, seine gesamte Freizeit auf dem Rennsattel zu verbringen, lud zu den gewagtesten Spekulationen über seinen Zustand ein. Er mochte die beste Freundin seiner Frau überhaupt nicht, erzählte mein Geliebter – eine Psychologin, die ihm vorwarf, er wolle buchstäblich aus seinem alten Leben davonfahren. Ob ich das auch glauben würde? Denn falls es wirklich stimme, dann habe er dazu immerhin die stolze Strecke von etwa sechstausend Kilometern benötigt. Er könne das auch jederzeit anhand seines Trainingstagebuchs beweisen. Ich sagte ihm, dass ich eine solche Interpretation für Banalpsychologie halte.

Dennoch, die Anstrengung, sich im Alpenvorland abzustrampeln, und der ständig schwelende Gewissenskonflikt hatten alle überflüssigen Schlacken an ihm verbrannt. Er war abgemagert. Obwohl die Damenwelt, die von allen Seiten sein Leben überwachte, entschieden hatte, dass das gut an ihm aussah, fand seine Sekretärin es fast schon besorgniserregend, wie sehr er sich in letzter Zeit verändert hatte. Sie erkenne ihn kaum noch wieder, berichtete er mir, und schien etwas verunsichert. Aber im Grunde war er froh, dass auch andere seine Verwandlung bemerkten. Zusehends verjüngt, hatte er sich in seiner Lebensgeschichte nach rückwärts entwickelt und das asketische Aussehen eines Glücksuchers in der Spätpubertät mit dunkel umflorten Augen angenommen, seine markante Nase war von der Sonne verbrannt und pellte sich rosafarben.

Es war schon seltsam, aber an einer so einfachen Sache wie dem Rennradfahren scheiterte jeder Erklärungsversuch. Was alle störte, war die Besessenheit, mit der wir das durchzogen. Unsere Unbeherrschtheit, besonders dagegen hatten sie etwas, auch meine Leute im Buchladen. Eigentlich war es ja nur ein Sport, aber für uns war es ein Glück, dass wir es taten.

Wer den Schweiß nicht kennt, der in Strömen am Rennradler herunterläuft, nicht die Erlösung, endlich den brennenden Durst zu löschen, der einen unverhofft heimsucht, nichts davon, wie heiß die Oberschenkelmuskeln am Berg werden, bis sie schließlich vor Überanstrengung glühen, der konnte unsere Begeisterung nicht erfassen. Man muss es erfahren haben, um zu begreifen, wie es ist, mit der Landschaft eins zu werden, die den Radler im sanften Rhythmus ihrer Hügel aufnimmt und wiegt. Es gab einfach nichts, was der Euphorie gleichkam, die sich an einem heißen Sommerabend einstellt, nachdem man sich gemeinsam im Alpenvorland auf einer langen Tour total verausgabt hatte. Wenn ich unterwegs in einem der Landgasthöfe, bei denen wir einkehrten, die Toilette aufsuchte, erschrak ich manchmal über mein salzverkrustetes Gesicht mit vor Erschöpfung tief eingegrabenen Nasolabialfalten, das mich aus dem Spiegel heraus anstarrte. Aber es war nicht nur Euphorie, ich testete auch meine Grenzen. Die Ausdauer und die Selbstdisziplin, die es erforderte, solche Rennstrecken durchzuhalten, retteten mich damals vor dem Gefühl der Machtlosigkeit, das wegen unserer Beziehung letztlich nur in Selbsthass gemündet hätte.

Auf dem Heimweg von der Au wartete immer ein lang gezogener Anstieg auf uns, und wie jedes Mal hatte ich einige Mühe, ihm auf den Serpentinen nachzukommen. Der Nachhall unserer verbrachten Stunden breitete sich noch als süße Schwäche von meiner Körpermitte bis in die Beine aus. Er dagegen trat unablässig wie ein Uhrwerk fest und sicher in die Pedale. Es gab da ein unsichtbares Band zwischen uns, an dem er mich hinter sich herzog, und ich war bereit, ihm überallhin zu folgen. Von Zeit zu Zeit vergewisserte er sich, ob ich noch in seinem Windschatten fuhr.

Im Westen zeigte sich ein weißes, scharf begrenztes Wolkenband, seine Umrisse hoben sich leuchtend von dem Dunkel ab, das uns langsam umgab. Vorbote einer Schlechtwetterfront, die ihre Böen vorausschickte. Staubfahnen warfen Sand über uns. Mit dem Wind im Rücken flogen wir keuchend und sehr leicht die Berge hoch – und rasten nach München zurück. Unter mir zischte der Asphalt, wir waren Könige auf den Rennrädern.

Wir hatten uns das selbst zuzuschreiben, dass wir uns so anstrengen mussten, um glücklich zu sein. Aber es schien jedes Mal sehr viel für uns davon abzuhängen, wie das Fahrradfahren verlief. Jede einzelne dieser Touren war eine Alles-oder-nichts-Tour, eine Tour, die wir angingen mit der Hoffnung, alles wird gut, wenn wir uns nur genügend abstrampelten.

Unter Beobachtung

1

Unsere Nächte verbrachten wir getrennt, sie gehörten zu jenem Teil des Lebens, von dem wir beim anderen kaum etwas wussten. Sehnten wir uns nach Nähe, dann hatten wir immer noch das Telefon. Es war unsere Notleine, die Lebensader, durch die wir unsere Beziehung nährten und sie am Laufen hielten.

Ich kannte natürlich all die kritischen Sprüche über Beziehungen auf Distanz. Noch kurz zuvor hätte ich ebenfalls ohne groß darüber nachzudenken zugestimmt, wenn mir jemand auseinandergesetzt hätte, dass Paare, die ständig telefonieren, nur eine Scheinnähe pflegten. Mühelos hätte ich das Gespräch mit Sätzen bereichern können, die so in etwa besagten, dass es eben ein Prinzip der spätkapitalistischen Konsumgesellschaft sei, die Bedürfnisbefriedigung immer aufzuschieben. Es war seine Schuld, dass ich den Glauben verloren hatte, solche Analysen seien für irgendjemanden interessant. Dafür hatte ich begriffen, was das ist – ein Telefon.

Ich, die Schweigsame, die Zurückhaltende, der es so schwer fiel, Zutrauen zu fassen und aus sich herauszugehen, entdeckte am Fernsprecher eine ganz neue Welt. Es war eine Welt, in der Pausen, Anspielungen, Seufzer und

Auslassungen genauso zählten wie die Sätze, die wir laut aussprachen. Ich hatte längst den Eindruck, ihn am besten zu verstehen, wenn er mir etwas durch den Hörer ins Ohr flüsterte. Häufig genug waren wir nur die obligatorische Stunde zusammen. Aber kaum hatten wir uns verabschiedet und ich war zu Hause in meiner Dachwohnung angelangt, klingelte es auch schon. Manchmal hörte ich es von draußen durch die Tür, und ich musste mich beeilen, um noch rechtzeitig abzuheben. Ich gönnte mir nicht mal die Zeit, den Mantel auszuziehen, sondern nahm hastig den Hörer ab.

»Ja?« Meine Stimme klang ein wenig atemlos, ich war bis in den fünften Stock gelaufen.

»Ich bin's«, sagte er dann immer. »Ich wollte nur wissen, ob du gut angekommen bist.« Was so viel hieß wie: »Ich möchte wissen, ob du gleich nach Hause gegangen bist.« Anfangs schmeichelte mir diese Art von Zuwendung, und ich protestierte nicht.

Meist saß er bei seinen Anrufen allein zu Hause in seinem Zimmer. Im Hintergrund lief Musik, also war er traurig. Er hörte sehr gern »O Superman« von Laurie Anderson, vielleicht war das ein winziger ironischer Kommentar zu unserer Situation. Aber das Stück war auch sonst eine kleine musikalische Revolution.

»Wie sehr liebst du mich?«, plagte er mich. »Vorhin habe ich vergessen, dich das noch zu fragen.« Immer überfiel er mich wie aus dem Nichts mit seinen Zweifeln. Mir fielen nur banale Antworten ein. In mein Schweigen hinein hörte ich: *»O Superman, O Mom and Dad… Hello? Is anybody home?«* Ich konnte laut mitsingen, den Song hatte ich bestimmt schon hundertmal gehört.

»Es ist wichtig«, drängte er, seine Stimme klang dumpf, als müsse er gleich losweinen. Und ich glaubte ihm und suchte in mir nach einer Antwort, die groß genug war für seine Frage. Ich sagte: »Ich habe jetzt schon Sehnsucht nach dir. Erzähl bitte noch mehr Sachen über mich.«

»Ich könnte dir zum Beispiel sagen, was ich nächstes Mal mit dir machen werde, wenn wir uns sehen.«

Solange wir sagen konnten, wir sind zusammen, rief er jeden Morgen an. Um vor seinem aufreibenden Geschäftstag noch genügend Zeit für seine kleinen Botschaften und Ermahnungen an mich zu haben, hatte er sich angewöhnt, schon sehr früh aus dem Haus zu gehen. Seine energische Bürostimme war voll frischer Luft und morgendlichem Elan, ich dagegen steckte noch in einer Wolke aus Traumverlorenheit. Neun Uhr, das war unsere Zeit. Ich schaute auf den Wecker, wenn das Telefon, was manchmal vorkam, nicht geklingelt hatte. Ich wunderte mich dann über die ungewohnte Stille. Er dagegen fühlte sofort eine Enge in der Brust, wenn ich nicht nach dem ersten Läuten den Hörer abnahm. Er wusste, das Telefon steht neben meinem Bett.

»Ist etwas passiert?«, fragte er in solchen Momenten. Er versuchte seine Furcht im gleichen Atemzug zu überspielen, was seine Stimme zu forsch klingen ließ. Vielleicht in unbewusster Übertragung seiner eigenen prekären häuslichen Verhältnisse auf mich, war er immer in Sorge, es könnte etwas geschehen sein, was »unsere Sache« quasi über Nacht zerstört hätte. Uns beiden war klar, es war nur eine Frage der Zeit, dass irgendetwas geschehen würde, und zugleich hofften wir, dass es zwischen uns noch recht lange so bleiben würde, wie es jetzt war. Aber jeden Morgen gab es diesen bangen Augenblick, ob es vielleicht schon so weit war. Aus diesem Grund suchten wir in der Stimme des anderen nach Hinweisen, ob wir seit dem letzten Treffen einander untreu geworden waren. Er bedrängte mich mit Fragen, die nicht wirklich wichtig waren. Aber gerade das gefiel mir so gut. Er wollte etwa wissen, was ich anziehen werde, was ich vorhabe. Während er meinen meist einsilbigen Antworten zuhörte, spürte er den Wunsch, sich zu mir in die schläfrige Wärme meines Bettes zu kuscheln. Stattdessen nahm er nur eine unbestimmte Sehnsucht nach Freiheit mit in den Tag – wie einen guten Vorsatz, den man bald wieder vergisst.

Ich kam nicht gleich dahinter, aber manches an der Art und Weise, wie er sich des Telefons bediente, ließ darauf schließen, dass ich nicht die erste Frau war, mit der er eine geheime Liebschaft eingegangen war. Er war eine Spur zu routiniert darin, sich unverhofft zu melden und ebenso unverhofft wieder einzuhängen, als dass man ihm nicht automatisch eine gewisse Vorerfahrung fernmündlichen Liebesgeplänkels unterstellt hätte. Ich wusste nicht so recht, was ich davon halten sollte. Ich stand in einer Reihe mit fernen Schattenfrauen, die einmal seine Geliebten gewesen waren. Halb war ich davon fasziniert, halb schreckte ich zurück. Aber ich war dennoch davon überzeugt, dass es keine Liebschaft in seinem Leben gegeben haben konnte, die unsere übertreffen würde.

Die Kunst, immer in Verbindung zu bleiben – er beherrschte sie vollkommen, bis in ihre feinsten Nuancen. Voraussetzung war, den anderen in der ständigen Erwartung zu halten, er könne jederzeit anrufen. Das führte schließlich dazu, dass ich manchmal den Hörer einfach danebenlegte, weil ich nicht wollte, dass es läutete.

Kaum war ich nämlich morgens im Buchladen eingetroffen und hatte draußen die Wagen mit den Ramschkartons aufgebaut, schon klingelte das Telefon. Susanne und unser bärtiger Ladengründer warfen sich dann einen vielsagenden Blick zu. Sie hatten nur darauf gewartet, das war klar.

»Für dich«, sagte Susanne. Sie gab den Hörer mit süffisanter Miene an mich weiter. Ich ignorierte ihren Blick, vielmehr signalisierte ich ihr mit den Augen, dass sie sich gefälligst um ihre eigenen Sachen kümmern solle. Aber so bestimmt wie ich auftrat, war mir keineswegs zumute. Ich wusste, über kurz oder lang würde es deswegen zu einem Riesenkrach kommen. Im Grunde gab ich Susanne ja auch recht. Ich war unter anderem auch zum Arbeiten hier, und außerdem konnte ich nicht ständig das Ladentelefon blockieren. Schuldbewusst schnappte ich mir meine Kaffeetasse und verzog mich in die hinteren Räume, wohin man den Apparat umstellen konnte.

Während ich mir überlegte, wie ihm schonend beizubringen war, dass ich heute nicht so lange sprechen könne, drängte seine Stimme an meinem Ohr alles andere beiseite und nahm die gesamte Gegenwart ein. »Was hast du gesagt?«, fragte ich dann. »Entschuldige, ich war abgelenkt.«

»Musst du eigentlich immer erreichbar sein?« Susanne stellte mich danach prompt zur Rede. »Ich weiß, wie schwierig eure Situation ist, aber ich finde, du machst es ihm einfach zu leicht.«

»Was meinst du damit?« Wenigstens machte sie mir keinen Vorwurf wegen fehlender Arbeitsmoral.

»Ich finde, das ist typisch Mann. Er macht, was er will, und du sollst ständig auf Abruf bereitstehen. Oder kannst du ihn etwa anrufen, wann du willst?« Susanne machte ein triumphierendes Gesicht, in ihren Augen war das ein schlagendes Argument. Sie meinte es sicher gut mit mir, aber gerade das regte mich auf.

»Du hast einfach keine Ahnung«, fuhr ich sie an. »Ganz ehrlich, du weißt nicht, worüber du redest. Es ist doch unsere einzige Möglichkeit, überhaupt zusammen zu sein.«

»Und ich sage dir, wenn du nicht aufpasst, dann ruft er eines Tages gar nicht mehr an.«

Susanne verstand das nicht, aber ich brauchte die Gespräche zwischen meinem Geliebten und mir. Ich brauchte sie mehr, als mit ihm zu schlafen. Erst beim Reden bekam unsere Affäre einen Sinn. Wenn es schon kein wirkliches Leben zwischen uns gab, so konnte ich doch wenigstens die Hauptperson in einer Geschichte sein, die er mir am Telefon erzählte. Darauf wollte ich einfach nicht verzichten, auch wenn das bedeuteten sollte, dass ich es mir mit allen anderen verdarb.

Sein Mitteilungsbedürfnis war kaum zu bändigen. Bekam er mich nicht gleich an die Strippe, machte ihn das sofort ganz verrückt. Er konnte zehnmal hintereinander durchläuten, bloß weil er mir unbedingt sagen wollte, dass der Regenguss ihn heute Morgen auf dem Weg ins Büro völlig durchweicht hatte.

»Blödmann«, fluchte der Ladengründer, als er mir wieder den Hörer hinhielt, meinen Geliebten störte das nicht.

»Heute muss ich meine Klienten wohl barfuß empfangen«, bemerkte er ausgelassen. Die bloße Vorstellung, ein Anwalt ohne Socken zu sein, reichte, um ihn in gute Stimmung zu versetzen. Ihm genügte es nicht, etwas zu erleben, er wollte es sofort mit mir teilen, und das war eine Form von Großzügigkeit, die mir viel mehr bedeutete, als wenn er mich mit Geld überhäuft hätte.

»Dir kann ich alles sagen«, lobte er mich. »Nur mit dir kann ich ich selber sein.« Ich war gewissermaßen die ideale Partnerin für ein Dauergespräch, das wir lachend, heulend, schweigend oder plappernd weiterführten, auch wenn wir gerade nicht telefonierten.

Trotzdem kam es immer häufiger vor, dass er unruhig war und kontrollierte, ob ich meine Abende wirklich zu Hause verbrachte, wie ich es ihm vorher versprochen hatte.

2

Ich stand unter Beobachtung. Das, was ich zuerst so genossen hatte, seine konzentrierte Aufmerksamkeit, nach und nach empfand ich sie mehr und mehr als Kontrolle. Ich sah es einfach nicht ein: Warum wollte er mich moralisch dazu verpflichten, einsam in meiner Wohnung zu bleiben, wenn er selbst nach Hause zu seiner Familie ging? Aber mutig genug, um diesen Konflikt anzusprechen, war ich auch nicht. Was sollte ich konkret von ihm fordern? Mehr Freiheiten für mich? Seine Antwort lag auf der Hand: Wenn ich meine Freiheit suchte, dann brauchte ich nicht mit ihm zusammen zu sein. Ohne es zu wollen, befand ich mich damit in dem gleichen Dilemma wie Jutta. Aber Jutta war eine Frau, die von ihrem Freund ausgehalten wurde. Dafür stand sie ihm zu Verfügung. Trotzdem war sie der festen Überzeugung, seine ganz große Liebe zu sein. Der Preis, den sie für ihre Abhängigkeit zahlen musste, war ihre Einsamkeit.

Sie hatte gelernt, damit umzugehen – und nutzte die leeren Abende, um intensiv für ihr Studium zu pauken.

Ich hatte die Freiheit gesucht, aber ich war abhängiger denn je. Es war schwer zu beschreiben, wie er es angestellt hatte, auf jeden Fall funktionierte es. Sogar wenn ich einfach nur abends weggehen wollte, traute ich mich das nur noch heimlich zu tun.

Wann sind mir die feinen Risse aufgefallen, die Kratzer im Lack unserer Verliebtheit? Das kann nicht erst an jenem Morgen zu unserer gewohnten Stunde gewesen sein, als er mich ziemlich aufgebracht am Telefon zur Rede stellte: »Ich hab dich gestern Abend versucht anzurufen und dich nicht erreicht. Wo warst du?«

Man kennt dieses Rutschen, den panikartigen Versuch, irgendwo Halt zu finden, wenn man ertappt wird. »Zu Hause.« Um mich aus der Affäre zu ziehen, gab ich meiner Ausrede eine verräterische Beiläufigkeit. Es konnte ja immer noch sein, dass er nur behauptete, mich gesucht zu haben. Dann würde er sich vielleicht auch so zufriedengeben.

Aber ich war nicht sehr gut beim Lügen. Er merkte sofort, dass etwas nicht stimmte. Erwischt. Ich war hinter seinem Rücken ausgegangen. Na und? Eine lässliche Sünde, wie man so sagt. Sie hatte trotzdem Gewicht, weil es das erste Mal war. Uns fehlte das Vertrauen, weil wir ständig auf dem emotionalen Prüfstand waren. Ich mochte mich selbst nicht dabei, dass ich mich auf diese Spielchen einließ. Lügen und Angst haben, erwischt zu werden. Was würden wir uns noch antun? Meine ganze Emanzipation erwies sich irgendwie als bedeutungslos.

Ein Mann hätte vielleicht die Eifersucht meines Geliebten als Beweis für die Größe von dessen Liebe zu mir interpretiert. Aber ich war eine Frau und ahnte: Seine Eifersucht war der Grund, dass er seine Familie niemals verlassen würde. Er misstraute mir, und seine Ängste waren der beste Vorwand, sich gar nicht erst zu bemühen. Ein perfekt geschlossener Kreis. Immer öfter machte er angebliche Konkurrenten zum Thema, und ich spürte, dass ihn meine Verteidigungsversuche nur noch misstrauischer werden ließen.

Misstrauisch war er auch am Abend zuvor gewesen. Wir hatten uns heimlich in seinem Büro geliebt und standen anschließend wie üblich an unserer Unterführung. Aber diesmal war es anders als sonst. Ich war ungeduldig, denn ich wollte los. Als ob er das spürte, schien meinem Geliebten die Verabschiedung ganz besonders schwer zu fallen. Er hielt mich lange fest, während er mich mit ernstem Gesicht ermahnte: »Du tust doch nichts gegen uns, oder?«

Nur zögernd entließ er mich aus seinen Armen. Er drehte sich mehrmals um, und um ihn zu täuschen, bog ich zum Schein in die Straße ab, die zu meiner Wohnung führte. Aber kaum war ich aus seinem Sichtfeld verschwunden, machte ich mich stattdessen auf den altgewohnten Weg ins Stadtcafé.

Am nächsten Morgen sollte er mir vorwerfen, ich hätte ihn nicht bemerkt und wäre einfach weitergegangen, als er sich noch ein letztes Mal umgeschaut hatte, um das Schicksal auf die Probe zu stellen. Beunruhigt über dieses schlechte Omen hatte er sich auf den Heimweg gemacht und gleich versucht mich anzurufen. Aber ich sei ja nicht zu Hause gewesen und wäre den ganzen Abend unerreichbar für ihn geblieben.

Ich dagegen hatte den Gedanken an die letzten Stunden weggeschoben, in denen wir uns gänzlich aneinander verloren hatten und in Gegenden geraten waren, die ich mit keinem anderen jemals erreichen würde. Es musste als Zeichen unserer Zusammengehörigkeit genügen, dass ich stolz die Spuren unseres Stelldicheins trug, den Lidstrich verschmiert, das Haar verwildert, die Lippen zerbissen. Diese Gefühle hinderten mich keineswegs daran, mir einzureden, dass es ja trotzdem mein gutes Recht sei, wenn er jetzt zurück zu seiner Familie ging, ein paar Leute zu treffen, die ich kannte.

In dieser Phase unserer Beziehung war ich leichtfüßig, immer auf Abwegen. Ich rannte meistens durch die Stadt, denn ich hatte Angst, wenn ich einmal anhielte, würde ich sofort stolpern und hinfallen. Ich verstand selbst nicht, was meine alten Reflexe wieder ausgelöst hatte, sodass es mich unbedingt in den Abend hinausdrängte.

Und mit einem triumphierenden Gefühl von Freiheit kam ich im Garten des Cafés an. Das Gewirr der Stimmen wurde zwischen den mit wildem Wein überwachsenen Hauswänden bis hoch in den gelben Augusthimmel getragen. Köpfe nickten mir zu, und meine Bekannten winkten mich an ihren Tisch. Ich hätte es auf den Hochsommer mit seiner leichten Luft schieben können, dass ich an diesem Abend noch unterwegs war, aber ich kannte niemanden, der das Wetter als Ausrede akzeptiert hätte. Es würde dauern, bis zum Dunkelwerden, und so hatte ich Zeit genug, um zu prüfen, ob ich in den Blicken der anderen noch vorhanden war. Die anderen, wir brauchen sie, um zu fühlen, dass wir da sind. Das war etwas, was mein Geliebter nicht begriff. Als Familienvater (und Einzelgänger) war er aus dem Alter heraus, sich in Kneipen die Bestätigung für sein Vorhandensein zu holen – und er verlangte nun dieselbe Abstinenz von mir. Auch wenn ich mich gebunden fühlte – hatte ich denn damit auch jede Freiheit verwirkt, mich dorthin zu bewegen, wohin ich wollte? In diesem Augenblick hätte ich es aus ganzer Seele verneint.

Je weiter der Abend fortschritt, desto mehr wiegte ich mich in Sorglosigkeit. Ich war jetzt völlig davon überzeugt, dass er bestimmt nicht angerufen hatte und niemals etwas von meinem Ausflug erfahren würde.

Fast nichts von dem, was damals in dieser leichten Atmosphäre geplaudert wurde, ist mir genauer im Gedächtnis geblieben. Aber es gab doch etwas, was mich brennend interessierte. Ich hoffte, vielleicht die eine oder andere Neuigkeit über den Verbleib meines Exfreundes Schmitt zu erfahren, der in jenem Sommer scheinbar verschollen war. Vielleicht wussten die anderen mehr als ich, und es wäre mir nun daran gelegen gewesen, in dieser Runde ganz unauffällig die Sprache auf ihn zu bringen.

Ein flüchtiger Bekannter kam allerdings meiner Frage zuvor und brachte mich dadurch in Bedrängnis. Eigentlich war er ein Freund von Schmitt, ein unscheinbarer Typ mit sandfarbenem Haar und einem abgekauten Schnauzbart. Ich hatte ihn wegen seiner zudringlichen Art eigentlich nie gemocht. Er wusste das, trotzdem sah er es jetzt als sein gutes Recht an, mich neugierig zu fragen: »Was ist eigentlich mit Schmitt und dir? Seid ihr jetzt total auseinander? Ich hab gehört, du hast einen Neuen?«

Ich ignorierte seine Neugier und wollte stattdessen mehr von ihm über Schmitt erfahren. Aber wie es eigentlich zu erwarten war, wusste er noch weniger über dessen Verbleib als ich.

Allianz der Vernünftigen

1

»Was hat er gesagt?« Das wollte ich wissen, als mein Liebhaber endlich in der Bäckerei auftauchte, wo ich seit mehr als einer Stunde saß und immer wieder denselben Artikel über den Absturz einer Lockheed-Maschine der Delta Air Lines bei Dallas gelesen hatte, ohne ein einziges Wort zu begreifen. Es war der August 1985, und er hatte seine erste Sitzung bei einem Therapeuten gehabt. Vor lauter Aufregung darüber hatte ich einen blutleeren Kopf und konnte mich nicht konzentrieren. Es half auch nichts, dass ich mir nach der Methode von Jutta, die findet, dass Filterkaffee alleine zu wenig »turnt«, eine Cola dazubestellt hatte. Ein Rest stand noch vor mir auf dem schmalen Bistrotischchen.

Mein Geliebter goss sich hastig einen Schluck ein, ehe er mir antwortete: »Er sagt, ich kann mich nicht trennen.« Und nach einer kurzen Pause fügte er hinzu: »Als ob ich das nicht schon selbst gemerkt hätte.« Er grinste.

»Und sonst hat er nichts gesagt?«, fragte ich enttäuscht, da er mit dem Psychologen anscheinend nur über seine Frau gesprochen hatte.

»Jetzt warte doch mal«, erwiderte er gereizt. »Über dich hat er gemeint, dass ich mit einer jungen Frau versuche, in meine Jugend zurückzukehren.«

»Und dafür musst du zum Therapeuten gehen«, höhnte ich, womit ich aber im Grunde gar nicht ihn treffen wollte, sondern sie, seine Frau, die von ihm verlangte, zu einem Psychologen zu gehen, weil sie es so mit ihm nicht mehr aushielt. »Das hätte ich dir auch sagen können und hätte keine hundert Mark dafür verlangt.«

»Mal langsam«, versuchte er sich zu verteidigen. »Der Punkt ist doch, dass ich diese bedeutende Erkenntnis von dir nie angenommen hätte.« Er winkte der Bedienung, um etwas zu bestellen. Die schaute aber nur auf die Ladenuhr.

»Hier ist Selbstbedienung«, klärte ich ihn auf. »Außerdem wollen die gleich die Bäckerei schließen. Soll ich dir trotzdem was holen?«

»Ja, 'ne Cola bitte, und eine Butterbrezel.«

Ich stand auf und kramte in meiner Tasche nach Geld. Dabei konnte ich meine Wut nicht unterdrücken. »Aber von irgendeinem Psychologen lässt du dir schon zu verstehen geben, was für ein Art Mann du bist? Woher kennst du den überhaupt? Und was hat es dir bitte gebracht, wenn du sowieso alles vorher wusstest?«

Eigentlich war Bedingung gewesen, dass er die erste Sitzung allein aufsuchen und sich »nicht hinter einer Frau verstecken« sollte. So jedenfalls hatte mein Geliebter wörtlich das telefonische Vorgespräch mit seinem Therapeuten zitiert. Das hatte wohl etwas damit zu tun, dass der Entschluss, sich überhaupt auf eine Therapie einzulassen, als ein Akt der Emanzipation betrachtet wurde. So sahen es zumindest die beiden Personen, die das meiste Interesse an dieser Behandlung hatten: der Psychologe und die Ehefrau, die mit honigsüßer Stimme (ich war natürlich nicht dabei gewesen, aber ich malte es mir mit allen Facetten genauso aus) sicherlich der Meinung waren, in der Therapie lerne er loszulassen und sich frei zu machen von all den Verführungen, die sein Ego bedrängten. Auch wenn er sich noch so sehr dagegen sträubte, irgendwann müsse er ja zu einer Entscheidung kommen.

Aber dann hatte ihn doch der Mut verlassen, und er hatte mich wider alle Vernunft gebeten, ihn wenigstens bis vor die Praxis des Psychologen zu begleiten. Von der Straßenbahnstation aus liefen wir dorthin mit den Gesichtern von Schwerverbrechern, über die gleich ein Urteil gesprochen werden würde. Auf dem glänzenden Messingschild stand: »Gestalt-, Paar- und Einzeltherapie«.

Sommersonnenwende war längst vorbei, ein einsames Amselmännchen jubelte, so schien es, ein verspätetes Liebeslied in den lauen Sommerabend. Mein Magen rebellierte. Hinter dieser Eingangstür eines Hauses aus der Jugendstilzeit sollte ich wegtherapiert werden. Als Jugendliche hatte ich selbst schon Erfahrungen mit Therapeuten gemacht und konnte deshalb einschätzen, was die sich unter Rückgewinnung von Selbstbestimmung und Achtsamkeit vorstellten. Auch jetzt ging es dem »Seelenhelfer« nur darum, davon war ich überzeugt, meinen Geliebten mit sanftem Druck zu bewegen, endlich von mir loszulassen. Und aus diesem Grund war es ein ziemlich elendes Gefühl, zusammen mit ihm vor dieser Tür zu stehen und mich quasi selbst abzuschaffen. Gleichzeitig war es gegenüber seiner Frau ein ziemlicher Treuebruch, dass er mich mitgenommen hatte. Und das machte die Sache kein bisschen leichter erträglich.

Es war einer Beichte gleichgekommen, als er plötzlich mit dieser Idee, zu einem Therapeuten gehen zu wollen, herausrückte. Sündigen und gestehen, das war unsere intensivste Art zu kommunizieren, und ich verabscheute es, ihn so zu sehen, wie er verlegen und mit niedergeschlagenen Augen wie ein Mädchen vor mir stand. Er hatte es mittlerweile fertig gebracht, mir in puncto Aufschieben von unangenehmen Gesprächen Konkurrenz zu machen – mein schlechter Einfluss, wie er immer sagte. Er hatte mit seinem Ansinnen bis zum letztmöglichen Zeitpunkt gewartet. Das war, als wir auf »unserem« Friedhof standen, an der kleinen Pforte, und ich hatte seinen warmen Körper ein kleines Stück von mir weggeschoben, gerade genug, um ihm zum Abschied besser in die Augen schauen zu können. Er küsste mich jedoch nicht, wie ich es erwartet hatte, sondern ich konnte hören, wie er trocken schluckte, ehe er zum Sprechen ansetzte: »Ich muss dir etwas sagen.« Mit solchen Worten leitet man normalerweise ein Geständnis ein. Wie viele Millionen Paare haben wohl die Zerstörung ihrer Zweisamkeit mit diesem banalen Satz ausgelöst: »Ich muss dir etwas sagen.«

Kann man mir also verübeln, dass ich so empfindlich reagierte, wie ich es anschließend tat? Ich glaubte zu wissen, was gleich folgen würde, und deshalb unterbrach ich ihn abrupt und sagte: »Ich dachte, ihr habt alles geklärt, du und deine Frau.« Ich musste mich räuspern, weil meine Stimme plötzlich belegt war. »Hast du nicht immer behauptet, wie unglaublich tolerant sie ist? Du brauchst auch gar nichts weiter zu erklären. Du willst mal wieder deine Ehe retten.« Und eigentlich lag ich mit meiner Vermutung auch gar nicht so falsch.

»Hör mir doch zu«, versuchte er mich zu beruhigen, aber in Wahrheit wollte ich mich überhaupt nicht beruhigen lassen.

Und so stürzten wir ohne Vorwarnung in den Abgrund einer dieser aufreibenden Szenen, die sich inzwischen als ziemlich typisch für unsere Beziehung herausgestellt hatten. Solange wir mitten in einem Streit steckten, wollten wir uns nicht eingestehen, dass sich die ganze Dramatik aus der Tatsache speiste, dass jeder von uns ein Doppelleben führte. Trotz aller Konflikte waren wir von jeder neuen Krise total überrascht, denn als Gegengewicht zu dem ganzen Gespinst aus Lügen und Aussparungen gab es den tiefen Glauben an unsere Liebe. Wie oft hatten wir einander in Gesprächen und Telefonaten beschworen nicht aufzugeben, um dieser einen großen Liebe willen.

»So warte doch, du hast doch noch gar nicht gehört, worum es geht.« Er kannte mich gut genug, um zu wissen, dass ich nur nach einem Grund suchte, um mich sofort der Situation zu entziehen.

Auf Konflikte reagierte ich nicht aggressiv, sondern mit dem automatischen Abrufen eines seit meiner Kindheit vertrauten Fluchtreflexes: die Umformung von Emotion in kinetische Energie. Ich war schon immer ziemlich flink auf den Beinen gewesen, und wie es ist, in brenzligen Situationen zu türmen, damit kannte ich mich bestens aus. Mein halbes Leben war ich als Szenefrau und Meisterin im Aufschieben vor Schwierigkeiten nur davongelaufen. Ich konnte mir einfach nicht abgewöhnen, meinen Freiheitsdrang als Stärke zu betrachten. In Wahrheit hatte ich damit ziemlich schmerzhafte Bruchlandungen erlebt. Man kann schließlich nicht immer weiterrennen. Und das Umkehren ist meistens ziemlich erniedrigend. So war ich ihm manchmal dankbar, dass er mich festhielt – wie jetzt in diesem Augenblick auf dem Friedhof.

»Bleib hier! Ich lasse dich nicht einfach gehen.« Mit eisernem Griff hatte er mich am Arm gepackt. »Ich wollte dich doch nur fragen, ob du mich morgen zu einem Psychotherapeuten begleitest? Alleine traue ich mich nicht.« Jetzt war es heraus. Mein Sträuben hatte es ihm erleichtert, mit seinem Problem herauszurücken.

»Was sagst du da? Du willst zu einem Psychodoktor gehen?« Ich hatte noch im Ohr, wie er über die ganze »Psychokacke« gespottet hatte und dass sich heute keiner mehr trauen würde, Gefühle zu haben und zu zeigen, ohne dass sie von einem Therapeuten abgesegnet würden.

Er schüttelte müde den Kopf. »Ich weiß auch nicht so genau. Es schien mir eine vernünftige Möglichkeit zu sein. Aber jetzt, wo ich hier stehe …« Er ließ den Satz abreißen, als erwarte er, dass ich das lose Ende aufnähme und ihm erklärte, was er da eigentlich tue. Professionelle Hilfe in Anspruch nehmen, das hieß in meinen Augen, eine Erklärung für etwas zu erzwingen, für das es keine gab, nämlich für das Wunder unserer Leidenschaft. Ausgerechnet diese sollte eine Art Krankheit sein, die durch Therapie geheilt werden musste?

»Es soll eine Entscheidungshilfe sein«, bemühte er sich zu erklären.

»Das wird ja immer schlimmer«, antwortete ich. »Du redest dich gerade um Kopf und Kragen. Ich dachte, du hättest dich längst entschieden, dass du dich nicht zu entscheiden brauchst.«

Er suchte von der Seite meinen Blick und sagte: »Bitte beruhige dich. Lass uns noch ein Stück gehen.«

Schweigend nahmen wir unsere Runde wieder auf, der stets vor Trunkenheit schwankende Wärter würde erst abschließen, wenn es ganz dunkel war, und notfalls konnten wir über die Mauer steigen. Auch wenn ich versuchte, mir etwas anderes einzureden – dieses Mal würden wir wieder die Gelegenheit verpassen, »die Sache« zwischen uns zu bereinigen.

Statt ihm zu glauben, dass es seine Schuldgefühle waren, die ihn schlussendlich in die Arme eines Therapeuten getrieben hatten – er behauptete das jedenfalls –, vermutete ich dahinter sofort einen Trick gegenüber seiner Frau. Er brauchte eine Atempause, ein Schlupfloch, das er sich offen hielt, um desto ungestörter sein Leben mit mir aufrechterhalten zu können. Ich sah darin nichts anderes als die Vorspiegelung falscher Tatsachen. Und die Vorsicht, die er dabei walten ließ, mir seinen Entschluss beizubringen, signalisierte mir, wie recht ich mit meinem Verdacht hatte. Aber was am schwersten zu ertragen war: Alles in mir sträubte sich zuzulassen, dass einem Dritten Zugang zu unseren Geheimnissen gewährt wurde.

»Was willst du denn einem Therapeuten über uns erzählen? Wie wir's machen? Wo wir überall miteinander geschlafen haben?«

»Du hilfst mir ja nicht«, klagte er. »Das ist kein Spiel.« Dieser Satz erinnerte mich an unseren letzten ganz großen Streit im Frühling. Danach hatte er mich verlassen. Auch damals hatte er zu mir gesagt: »Das ist eine Ehe, die ich führe.«

Unter normalen Umständen hätte er niemals etwas Negatives über seine Familie preisgegeben. Aber wohl schon im Vorgriff auf all das, was er am nächsten Tag dem Psychologen offenbaren würde, berichtete er mir, dass er neulich fast mit den Fäusten auf seine Frau losgegangen wäre.

Er deutete es nur an, aber es musste eine entsetzliche Szene gewesen sein.

»Das Schlimmste daran war«, sagte er leise, und ich konnte ihm anmerken, wie schwer es ihm fiel, diese Sätze überhaupt auszusprechen, »dass sie anschließend weinend darauf beharrte, ich würde sie immer noch lieben, das würde man doch merken. Und aus lauter Mitleid habe ich behauptet, dass es sowieso nichts mit dir werden würde, weil man dich nicht halten kann.«

»Das hast du getan?«, fragte ich ungläubig. »Du hast behauptet, es sei aus mit uns, ja?« Meine eigene Stimme tat mir in den Ohren weh, so schrill hörte sie sich an.

»So hör doch«, sagte er flehend. »Es war, nachdem du mich mit dem Stadtcafé angelogen hattest. Für mich war da irgendwie alles aus.«

»Wenn du jetzt nicht reinen Tisch machst, dann ist es wirklich aus«, antwortete ich.

»Okay. Ich habe so getan, als ob wir endgültig Schluss gemacht hätten. Schlag mich oder mach sonst was, aber so war es. Aber nachdem ich dich so gemein verleugnet hatte, war meine Stimmung erst recht im Keller, und sie hat eingesehen, dass ich es durch Willensstärke allein nicht in den Griff kriege.«

»Du sprichst von mir, als würdest du über dein Suchtproblem und einen möglichen Entzug sprechen«, sagte ich mit der größten Verachtung, die ich in meine Stimme legen konnte. »Du hast gesagt, du liebst mich.«

Er war bestimmt kein guter Junge. Ich selbst war oft genug die Ursache für die Testosteronwolken gewesen, die sich in großer Geschwindigkeit über ihm zusammenballten, wenn einer seiner schnell sich entflammenden Wutausbrüche im Anzug war. Aber ich hatte dabei niemals Angst verspürt. Zorn war ein natürlicher Bestandteil unserer Beziehung, in der es zwangsläufig andauernd darum ging, Kränkungen und Missverständnisse wieder geradezurücken. Zorn war der Kitt, mir dem wir unsere Bindung festigten. Es gehörte zu den Spielregeln, dass man ausflippen konnte. Es war erlaubt, die Fäuste zu ballen oder mit dem Fuß gegen Zäune und anderes zu treten, es war auch erlaubt, den anderen verbal zu attackieren. Es war sogar erlaubt zu lügen, zu verschweigen, zu beschönigen. Nicht erlaubt war, den anderen zu langweilen, zu schmollen, beleidigt zu schweigen und körperlich zu bedrohen. Und sogar wenn ich heulte oder ohnmächtig vor Wut mit den Zähnen knirschte, schmeichelte mir noch der Gedanke, dass in seinem wohlanständigen Heim bestimmt kein Raum für solche Gefühlsstürme war, die ich ihm bieten konnte. Und jetzt sollte ich einwilligen, dass das, woran ich am meisten glaubte, durch eine Therapie geglättet und ausgeschlossen wurde. Denn einwilligen müsste ich, wie er mir murmelnd erklärte, in jedem Fall. Sonst, so meinte er, würde er das ganze Projekt von vornherein platzen lassen.

Sollte er das doch ruhig tun, dachte ich. Aber dennoch wusste ich, dass ich letztlich nichts dagegen einwenden, es nicht verhindern konnte. Also begleitete ich ihn am Tag darauf zu seiner Probestunde. Das Gefühl, das mich bewegte, als ich neben ihm her ging, war mir neu. Es war eine unbestimmbare Furcht. Er griff nicht nach meiner Hand. Es wäre uns doch ziemlich merkwürdig vorgekommen, wären wir Hand in Hand zu dem Seelenarzt gegangen, der seine Ehe retten sollte.

»Ich hätte gar nicht so verzweifelt zu sein brauchen«, erklärte ich ein paar Tage später Susanne in der Mittagspause. Wenn wir in dem schlauchförmigen Büro nebeneinander auf dem Schreibtisch saßen und uns deshalb nicht anblicken konnten, war das ein idealer Zeitpunkt, um ein paar Neuigkeiten auszutauschen. Wir hatten uns ausnahmsweise eine Leberkässemmel von dem kleinen Metzger um die Ecke genehmigt, rosafarben, fetttriefend und ungesund. Ein Genuss, auf den ich schon seit einigen Jahren verzichtete hatte, aber gerade jetzt schien mir die angemessene Gelegenheit gekommen zu sein, mit meinen kalorienbewussten Prinzipien zu brechen. Doch enttäuscht stellte ich fest, dass die alten Sünden nicht mehr funktionierten und die Zeiten, in denen ich mich mit dem Verzehr solcher Cholesterinbomben trösten konnte, unwiederbringlich vorbei waren. Es schmeckte mir einfach nicht mehr, aber Susanne schlug gierig ihre Zähne in die Semmel und fragte kauend:

»Und warum nicht?«

»Weil der Therapeut ihn nach der dritten oder vierten Sitzung nach Hause geschickt hat«, antwortete ich und legte meine Semmel endgültig zurück auf den Teller.

»Das wird seine Ehefrau bestimmt nicht freuen«, meinte sie weise.

»Ja, das mag stimmen. Der Psychologe hat ihn ziemlich schnell durchschaut und ihm auf den Kopf zu gesagt, dass er ihm nicht helfen kann.«

»Wieso denn nicht?«, fragte sie ehrlich erstaunt.

»Weil er die Therapie als Alibi benutzen wollte.«

»Als Alibi wofür?«

»Na ja, er wollte seine Frau beruhigen und trotzdem

mit mir weitermachen. Aber der Therapeut ist ihm auf die Schliche gekommen.«

»Ich hab noch nie was damit zu tun gehabt, aber wahrscheinlich sind die Psychos eben doch schlauer, als man denkt. Helfen können sie einem trotzdem nicht.«

»Genau«, bestätigte ich. »Wie es aussieht, wollte mein Geliebter seine Situation mithilfe des Therapeuten so weit stabilisieren, um an ihr letztlich nichts zu ändern. Aber darauf hat sich dieser natürlich nicht eingelassen. Und weißt du, was dann passiert ist?«

Meine Freundin hörte mir aber nicht mehr zu. Sie war mit ihren Gedanken weggedriftet und hatte sich dem Chaos ihres eigenen alternativen Alltags zugewendet. Sie hatte sowieso genug vernommen, um ihre Meinung bestätigt zu sehen. Mehr als einmal hatte sie mich schon gewarnt, dass mein Geliebter es nicht ernst mit mir meine.

Eigentlich hatte ich sie außerdem in Folgendes einweihen wollen: Der Therapeut sei in seiner Analyse noch weiter gegangen und hätte kühl diagnostiziert, unsere Beziehung habe ein sehr hohes Suchtpotenzial. Für meinen Geliebten war das etwas, was er überhaupt nicht hatte einsehen wollen. Er und süchtig. Offensichtlich richtete sich der Psychologe mit seinen Interpretationen gegen das Wichtigste, was er hatte, nämlich seine Männlichkeit, über die er allein bestimmen wollte. Dementsprechend fertig war er nach dieser Sitzung in die Bäckerei gestolpert, wo ich wieder auf ihn wartete, um ihn abzuholen. Sein Hemd hing verknüllt über der Jeans, und er sah verschwitzt aus.

»Er hat die Therapie abgebrochen«, sagte er müde.

Ich hielt den Atem an. »Wie ...?

»Weißt du, mit mir sind die Pferde durchgegangen.«

»Das kann doch kein Grund sein«, wandte ich ein, »das muss ein Therapeut doch aushalten können.«

»Angefangen hat es damit, dass er mir unterstellte, ich wolle im Grunde gar keine Beziehung mit dir eingehen. Ich sei nur verliebt in meine eigene Leidenschaft. Wie kommt er nur dazu, so etwas zu behaupten?«

Fragend sah er mich an. Sein verzweifelter Blick rührte mich. Noch niemals in seinem Leben hatte er sich solchen Überlegungen stellen müssen, und ausgerechnet ich war schuld daran. Keineswegs war ich mir sicher, ob der Psychologe nicht so falschlag.

»Aber als er dann meinte«, fuhr mein Geliebter fort, »zwischen uns sei keine Liebe, sondern negative Energie, da musste ich schwer an mich halten. Zum Schluss wollte er mir einreden, dass meine Leidenschaft nur anhalten würde, solange ich etwas Verbotenes tue. In diesem Moment ist mir der Kragen geplatzt. Ich bin doch kein Masochist.«

Ich versuchte einen möglichst neutralen Gesichtsausdruck beizubehalten, um ihn nicht noch mehr aufzubringen. Mein Geliebter berichtete weiter: »Jedenfalls hab ich ihn gefragt, ob er sich jetzt gut fühle, denn anscheinend hätte er es nötig, andere so herunterzumachen. Einem Quacksalber wie ihm würde man auf zehn Kilometer ansehen, wie lustfeindlich er sei.« Zerknirscht schaute mich mein Liebhaber an. »Er hat dann völlig ruhig die Sitzung beendet und mir gesagt, ich bräuchte nicht mehr zu erscheinen, er könne mir nicht helfen, weil ich lieber um mich schlage, als mich zu ändern.« Mein Geliebter schien sich nun ein wenig gefangen zu haben und setzte trotzig hinzu: »Ich habe diese Psychokacke endgültig satt. Das

Ganze war eine totale Schnapsidee. Ich werde nur impotent davon. Ich trau mich ja bald nicht mal mehr mit dir zu schlafen, wenn ich mir dabei überlegen muss, was der Therapeut dazu sagen könnte und deshalb ein schlechtes Gewissen bekomme.«

Irgendwie sah er den Abbruch der Therapie doch als Niederlage an. Bei der fälligen Aufarbeitung einigten wir uns darauf, dass es völliger Blödsinn sei, so große Erwartungen an solche Sitzungen zu haben, in denen es letzten Endes doch nur um das kalte Sezieren von Gefühlen ging. Und wir bestärkten uns gegenseitig in der Meinung, dass man auf willkürliche Interpretationen seines Wesens durch Fremde verzichten könnte. Was sich aber trotz aller Enttäuschung nicht unterdrücken ließ, war der Wunsch zu verstehen, was eigentlich mit uns passierte. Wo war die Rechtfertigung für das, was wir taten? Sosehr wir auch nachdachten, wir konnten es nicht ergründen. Redeten wir uns das nur ein oder lag unserem Verhalten tatsächlich eine Art Zwangsläufigkeit zugrunde, der wir uns nicht entziehen konnten? Die Befürchtung, in einem negativen Sog zu sein, schien sich sogar noch verstärkt zu haben, allein deswegen, weil selbst ein ausgebildeter Therapeut vor den Fliehkräften unseres Taumels kapitulierte.

Eigentlich war es keine echte Unterhaltung, die wir darüber führten. Er ließ Dampf ab, indem sich er über die »blutleere Mumie von einem Psychologen« empörte, und ich hatte dem nichts entgegenzusetzen. Das Thema ließ ihn einfach nicht los. Auf seine drängendste Frage, ob er mit seinem unstillbaren Hunger nach Liebe wirklich ein Fall für die Therapie sei, hatte er keine rechte Antwort bekommen. Er habe seine Unschuld verloren, klagte er mir sein

Leid. Die Sitzungen hätten ihn zu einem Liebensinvaliden gemacht. Wir hatten jetzt einen weiteren Mitwisser unserer Unzulänglichkeit, aber gerade deswegen wog sie doppelt so schwer.

2

Ähnlich einschneidend, wenn auch auf einem ganz anderen Feld, war eine Geburtstagsparty, zu der ich damals eingeladen war. Ich weiß nicht mehr genau, ob der Therapeut bereits verkündet hatte, dass mein Geliebter ein hoffnungsloser Fall sei oder ob sein abschließendes Urteil noch ausstand, aber ich bin mir sicher, dass es Hochsommer war. Ein hoher Nachthimmel spannte sich in meiner Erinnerung über die Trauben von angeregt plaudernden Menschen, die sich auf der Leopoldstraße vor dem Eingang eines Schwabinger Tanzschuppens drängten. Einer seiner Besitzer, Ralf, ein alter Freund von mir, wurde dreißig. Und obwohl mein Liebhaber mich eifersüchtig beschworen hatte, dort nicht hinzugehen, stand ich wie einzementiert in einer endlosen Schlange geladener Gäste, bis ich bei dem baumlangen Türsteher endlich meine persönliche Einladungskarte vorzeigen konnte. Das Warten ließ genügend Raum für den in mir aufkeimenden Zweifel, ob ich wirklich gut daran getan hatte, seinen Kummer zu missachten, nur um im Kreise der Mitüberlebenden aus meiner früheren Szene den Übergang in die gesetzteren Jahre zu feiern.

Was dem Abend eine besondere Bedeutung gab, eine überdrehte, irgendwie spielerische Note von Luxus, war die Tatsache, dass ich ein Bustier aus Jeansstoff trug. Jutta hatte mich zum Kauf dieses auch für damalige Verhältnisse schrillen und wohl an Madonnas Outfits angelehnten Teils überredet, das, wie sie behauptete, meine geraden Schultern perfekt zu Geltung brachte. Und tatsächlich, es schien zu funktionieren: Ich fühlte mich in dem Bustier wie die Frau, die ich inzwischen geworden war. Ich wollte meinen Körper nicht mehr verstecken. Es konnte aber nicht nur an diesem zugegebenermaßen etwas extravaganten Kleidungsstück liegen, dass ich den Eindruck hatte, von allen vollkommen anders angesehen zu werden. Jutta hätte vielleicht dazu gesagt: »Jetzt spürst du, was Liebe aus einer Frau macht.« Im Gegensatz zu mir hatte sie niemals Furcht vor Klischees gehabt.

Ich stand am Rand der von unten beleuchteten Tanzfläche und suchte nach bekannten Gesichtern. Es gab einen harten Kern von etwa zwanzig Personen, die ich meine Freunde nannte, meine Mitstreiter von einst im Kampf gegen die Vergeblichkeit, womit ich nicht nur den Faktor Zeit meine, sondern auch all die sonstigen fehlgeschlagenen Vorsätze unserer Jugend. Es waren treue Genossen, wenn es hieß, an den Abenden in Wirtschaften oder Bars Zeit zu verschwenden. Bevor ich meinen Geliebten kannte, hatte mich mit dem einen oder anderen von ihnen eine Spannung verbunden, die von einem flüchtigen erotischen Interesse herrührte. Wie fade mir diese bescheidenen Abenteuer jetzt erschienen, angesichts dessen, was ich in den letzten Monaten erlebt hatte.

In Zeiten des Postpunks waren bei den Jüngeren, die ich auf dieser Feier entdeckte, die langen Haare gefallen. Sie trugen einheitlich schwarze Röhrenjeans und spitze Schuhe. Überhaupt: Schwarz war die Signalfarbe und auch das Motto dieser Party, mit der sich Ralf in ein neues Jahrzehnt seines Lebens katapultierte. Er selbst hatte versucht, sich mit einem weißen Dinnerjackett und einer schmalen Lederkrawatte von der Masse seiner dunkel gekleideten Freunde abzuheben. Sein Äußeres ließ mich an einen zweitklassigen Entertainer denken, der eine Quizshow moderiert. Er legte sein verknautschtes Boxergesicht in Lachfalten, als er mich – gegen eine der Balustraden aus dunklem Holz gelehnt – entdeckte.

»Sagenhaft«, meinte er mit Blick auf mein Outfit. »Der Schmetterling hat sich entpuppt.«

»Wie meinst du das?«, fragte ich misstrauisch.

Er zog mich auf eine der mit rotem Samt bezogenen Sitzgruppen: »Ich hab es dem ewigen Studenten, deinem Exfreund Schmitt, schon lange prophezeit: Irgendwann kommt ein anderer an und schnappt dich weg. Oder meinst du, es hat sich noch nicht herumgesprochen, wer dein neuer Lover ist?« Er sah mich fragend an. »Wo ist der überhaupt? Willst du mich nicht vorstellen?«

Ich versuchte es mit Ironie. »Eigentlich dachte ich, ich hätte auf der Rückantwort ›ohne Begleitung‹ angekreuzt.«

»Na ja«, sagte er, und einen Moment lang hatte ich den verrückten Eindruck, dass er mir zublinzelte, auch wenn ich sicher war, dass er eine so spießige Geste vollkommen ablehnte. »Ist ja irgendwie auch verständlich, dass er sich hier, bei deinen früheren Freunden, nicht so gern zeigen will.«

»Nicht zeigen will«, echote ich blöde. Seine ganze Redeweise kam mir vor, als ob ich mit einem unfreiwilligen Komplizen sprechen würde, der schnell die günstige Gelegenheit ausnutzte, um mich anzumachen.

Ralf ging nicht weiter auf meine Wiederholung seiner Worte ein, sondern fragte – wahrscheinlich in Hinblick auf meine neue Beziehung mit einem verheirateten Mann: »Warum haben eigentlich immer die tollsten Frauen die schlimmsten Männer?«

»Meinst du damit deine neue Freundin?«, konterte ich. Manchmal war ich richtig schlagfertig.

Es war gut möglich, dass ich Ralf in seiner lässigen Länge von einem Meter neunzig früher mal anziehend gefunden hatte, seine großen Hände und Füße, seine tiefe, raumeinnehmende Stimme und seine antizyklische Vorliebe für schnelle Autos und schöne Frauen, mit der er die spätere Begeisterung der Szene für Trash vorwegnahm. Seinem Image – des eines einsamen Cowboys – konnte ich mich nie ganz entziehen. Mit den Fäusten so schnell wie mit dem Mundwerk, wurde er von den braven Münchner Anarchisten wie eine Schmalspurversion des *Playboy*-Erfinders Hugh Hefner verehrt. Ehe er sich zum Barbesitzer mauserte, war er nachts Taxi gefahren, ohnehin die beste Schulung für eine Karriere im Nachtleben.

»Was macht eigentlich unser gemeinsamer Freund Schmitt in Afrika?«, fragte er mich schon halb im Gehen. Mir lag auf der Zunge, ihm die Wahrheit zu sagen, nämlich dass es ihn einen feuchten Dreck angehe. Aber da war er längst im Partygewimmel verschwunden.

Ich sah mich um. Meine alten Freunde waren alle drauf und dran, in die dritte Lebensdekade zu wechseln. Eine gewisse Ungläubigkeit darüber sprach aus ihren Blicken, dass es nun auch für sie bald so weit sein würde. Gerade waren sie richtig erwachsen geworden und hatten noch alles vor sich – aber das in einer Ära, die alles schon hinter sich hatte. Trug sie doch das Wort oder vielmehr das fachwörterbildende Präfix »Post« ganz groß in all ihren sie charakterisierenden Bezeichnungen: Postmoderne, Postpunk, Postsozialismus, Postdemokratie, Postrealismus. Sich nach dem Scheitern der großen Utopien gewissermaßen im Stadium der Postapokalypse wiederzufinden, hatte auf die Zeitgenossen eine erschreckend demoralisierende Wirkung gehabt, wie immer, wenn dem Leben eine Zukunftsperspektive fehlt.

Hatte ich etwas verpasst? Die Geschichte war vorangeschritten, ohne dass ich davon etwas bemerkt hatte. *Anything goes*, wie jetzt postuliert wurde, das beanspruchten außer mir anscheinend auch noch ganz andere für sich. Es gab niemanden, der irgendwelche Grenzen gesetzt hätte. Hunderte von neuen Lebensformen hatten sich etabliert. Wir hatten Hundehalsbänder getragen und uns Sicherheitsnadeln durch die Mundwinkel gestochen, wir hatten uns eine Knastträne ins Gesicht tätowiert, wir hatten die Schriften von Marquis de Sade diskutiert und waren nach Ausflügen in den Anarchosyndikalismus von der neuen französischen Philosophie mehr oder weniger dekonstruiert worden. Ich kannte junge Akademikerinnen, die, statt zu promovieren, zielstrebig die Karriere einer Domina eingeschlagen hatten und jetzt einen Porsche fuhren. Wir fanden nichts dabei, uns Etiketten aufzukleben und »bi«, »schwul«, »lesbisch« oder »hetero« zu sein, aber ein Dasein als Geliebte kam auch in diesem von vielerlei Wildkräutern bestandenen Feld der sexuellen Vorlieben nicht vor. So zügellos sich alle auch nach außen gaben, es war die Zeit, wo man sich am Ende für einen Lebensentwurf entschied. Nur ich, ich blieb auf meinem Samtpolster sitzen, mit dem Eindruck, dass sich im Durcheinander des Partyrummels die neue Unübersichtlichkeit breitmachte, die Ratlosigkeit eines Jahrzehnts. Eine gewisse Ernüchterung und Verunsicherung war unübersehbar, doch beschränkte sie sich bei den Partygästen auf das Problem, ob man lieber mit einer Flasche Bier in der Hand als cooler Einzelgänger den Rand der Tanzfläche bewachen oder im zerhackten Licht der Diskokugel Gemeinsinn beweisen und sich beim Pogo gegenseitig anrempeln sollte.

Die wenigsten von ihnen sah ich wieder. Zu ihnen gehörten die ungleichen Zwillingsbrüder – wenn der Ältere sich zur vollen Größe aufrichtete, brachte er es auf eine Länge von zwei Meter und fünf, aber er hielt sich krumm wie der Glöckner von Notre Dame. Der um zwei Minuten jüngere Bruder hatte gerade sein Coming-out als Homosexueller gehabt und fürchtete nun, sich mit jener damals noch sehr mysteriösen Krankheit namens Aids angesteckt zu haben. Meinem Blickfeld von heute längst entschwunden ist jedoch der Bankierssohn und spätere schwerreiche Häuserspekulant – mit seinem trägen Blick legte er alle herein. Den Namen der schönen Bauerntochter aus dem Allgäu, die in ihrer Pünktchenbluse und mit neongrüner Haarspange so unschuldig aussah, aber angeblich alle an sich heranließ, bekomme ich heute ebenso wenig zusammen wie den der ehemaligen Bankräuberin, die aus politischen Gründen eine Sparkasse überfallen hatte. Mit ihrem fünfzehn Jahre jüngeren drogensüchtigen Geliebten suchte sie alle In-Partys heim, um ihm in der Öffentlichkeit Eifersuchtsszenen zu machen. Auch wenn es vorhersehbar war, dass sie einen Eklat provozieren und die Gesellschaft heulend und schreiend vorzeitig verlassen würde, lud man sie aus Prestigegründen erneut ein. Und die zwei oder drei Zentimeter weißen Fleisches, die zwischen dem Netzhemd und dem Minirockbund der angetrunkenen Besitzerin eines Alternativkinos hervorquollen, waren letztlich so unerheblich wie die Küsschen, die eine spanische Schauspielerin mir scheinheilig auf die Wangen drückte.

Mit keinem Wort hatte Ralf das Thema »Verheirateter Mann« oder »Ehebruch« angeschnitten, aber nach unserem kleinen Geplänkel war mir klar, dass ich von meinen alten Freunden auf dem Altar ihrer Klatschsucht geopfert worden war. Immer wieder trat jemand an mich heran, um sich voller Mitleid nach meinem Befinden zu erkundigen.

»Wie geht's denn?«, fragten sie mit scheinheiligem Lächeln. Die Hyänen standen bereit, um meinen Leib mit ihrem Gerede zu zerreißen. Aber wer von ihnen würde sich dann um meine arme Seele bemühen? Ohne dass ich es gewahr geworden wäre, hatten meine alten Freunde ziemlichen Anstoß an meiner neuen Lebensweise genommen. Zum ersten, aber bestimmt nicht letzten Mal sah ich mich mit der Tatsache konfrontiert, dass Menschen, die ich für offen und fortschrittlich gehalten hatte, auf eine erschreckende Art und Weise eindimensional dachten. Sie verurteilten mich, nicht weil sie glaubten, ich wäre unglücklich – in diesem Fall hätten sie Mitleid empfunden. Nein, was sie ablehnten, war, dass ich mich meiner Leidenschaft trotzdem ergab. Jede nur mögliche Ausschweifung war erlaubt, aber nicht die Liebe. Was hatten wir eigentlich früher mit Freiheit und Subversion gemeint? Das müsste doch Liebe gewesen sein.

Diese Nacht, in der wir noch jung waren, schien jedoch voller Versprechungen zu sein. Ohne eine Miene zu verziehen, ließ ich mich zu den Klängen von Sades Lied »Smooth Operator« über die Tanzfläche treiben in jener eingebildeten Coolness der achtziger Jahre, von der wir alle auf die eine oder andere Weise beschlossen hatten, dass sie der Weisheit letzter Schluss sei. Und irgendwie kann es als symptomatisch angesehen werden, dass ausgerechnet dieser Song zur Hymne eines Jahrzehnts wurde, in dem die unglaublichste Musik entstand. Musik sei die reine Gegenwart, hat mal jemand behauptet, und so bringt auch dieser alte Song, sobald ich ihn im Radio höre, diese längst vergessene Nacht zurück.

Das steinerne Herz

1

Das Wetter schien zu halten. Das Gewitter, das der telefonische Bergwetterdienst für das Alpenvorland vorhergesagt hatte, war bisher ausgeblieben.

»Nimmst du die Verantwortung auf dich?«, fragte er, seine Stimme klang irgendwie blechern, ich schob es auf die Verbindung.

Nach einem knappen Blick zum Himmel meinte ich: »Ja, klar.« Und dabei blieb es. Treffpunkt wie üblich um vier Uhr.

Er stand oben an der Kapuzinerbrücke, die über die Isar führte, und wartete auf mich. Im blauen Radlerdress, die Schirmmütze tief in die Stirn gezogen, die Luft um ihn schien vor Energie zu vibrieren, war er für mich das Sinnbild einer Herausforderung. Ich war extra ein paar Minuten früher gekommen, aus einem vagen Gefühl der Anspannung heraus, das mir sagte, dass irgendetwas nicht stimmte.

Und richtig, er küsste mich auch nicht zur Begrüßung, sondern schwang sich wortlos gleich auf sein Rad. Ohne abzubremsen ließ er sich die steile Abfahrt zum Radweg hinunterrollen, mit einer Wucht, die an einen Raubvogel im Sturzflug erinnerte. Ich musste zusehen, dass ich ihm überhaupt folgten konnte. Er schaute nicht nach links oder rechts, als er sich in den für diese Uhrzeit viel zu lebhaften Verkehr von Radfahrern einfädelte. Der Höhepunkt des Sommers war überschritten, mit dem Ende des Monats August kam anscheinend die Angst auf, etwas verpasst zu haben. Umso verbissener jagten die Radler den Weg entlang, der sich in Kurven durch die weiten Auwiesen im Münchner Isartal zieht. Hohe Schleierwolken hatten den Himmel mit einer dünnen Schmutzschicht überzogen, sie waren mit dem bloßen Auge kaum zu erkennen, aber das messingfarbene Nachmittagslicht hatte einen kränklichen Ton angenommen.

Normalerweise hatte er die Fähigkeit, sich leicht wie ein Korken im Strom der sich Abstrampelnden mittreiben zu lassen, die aus der Ferne wie an einer Schnur aufgereiht wirkten. Radler sind eine ganz besondere Spezies. Für sie geht es um die Fortbewegung an sich. Es gibt die Entspannten und die Verbissenen, die Mountainbiker auf schwerem Gerät und die elegant dahingleitenden Rennradler. Die Schleicher, die Drängler und die, die immer zu zweit nebeneinander fahren. Es gibt die aufgeregten Mütter mit ihren Kleinen, eins hinten im Kindersitz, die anderen kurven auf ihren winzigen Rädern gefährlich schwankend voraus. Es gibt die Profis und solche, die es sein wollen. Und dazwischen befanden wir uns, die Besessenen. Die Hände umspannten den Lenker, die Köpfe waren angestrengt nach vorne gestreckt. Nur das leise Klicken seiner Gangschaltung warnte mich, bereit zu sein, wenn er gleich zu einem Überholmanöver ansetzte und an den langsameren Fahrern vorbeischoss. Ich klebte an seinem Hinterrad und folgte ihm, bemüht, einen Gleichklang zu erreichen. Waren wir gut drauf, ergab sich eine schöne rhythmische Bewegung, mit der wir unser Tempo weiter und weiter steigerten, bis wir in Serpentinen das Isarhochufer hinauffuhren. Die erste Schwierigkeit, bei der er mich meistens ein Stück abhängte.

Aber diesmal war schon nach den ersten Minuten zu merken, dass unsere Ausfahrt alles andere als harmonisch werden würde. Um mich zu provozieren, zog er das Tempo sofort zu Beginn drastisch an, und ich stieg darauf ein, obwohl die Voraussetzungen ziemlich ungerecht waren. Er wusste ganz genau, dass ich immer einen gewissen Anlauf brauchte, um nach einem Arbeitstag überhaupt in Fahrt zu kommen.

In jeden Meter der Strecke über Grünwald hinunter ins Mühltal und die lange Anfahrt nach Hohenschäftlarn wieder hinauf hatten wir unsere Liebesgeschichte eingeschrieben. Es gab die Stelle, wo der Radweg ohne Vorwarnung plötzlich endete und ich bei unserem allerersten Ausflug beinahe gestürzt wäre. Mit fliegenden Haaren war ich auf meinem roten Alltagsrad neben ihm hergerast, er auf der Straße, stolz darauf, eine solche Freundin zu haben.

Auch diesmal suchten wir gewohnheitsmäßig mit den Augen nach dem Eichelhäher, der seinen Stammplatz auf der alten Eiche an dem großen Parkplatz hatte. Dessen Ausfahrt war eine Fehlkonstruktion, denn die den Platz verlassenden Autos hatten keine Sicht auf die Radfahrer, sodass wir stets einen Zusammenstoß befürchten mussten. Wir waren konzentriert auf den wechselnden Untergrund aus Beton und schadhaftem Asphalt, der übersät war von Glasscherben und Rollsplitt, und hofften inständig, ohne einen Platten davonzukommen. Aber schließlich hatten wir den neu aufgeforsteten Tannenwald erreicht, und die Stadt und der schlimmste Verkehr lagen hinter uns.

Ab hier zog sich die Straße ein Stück schnurgerade dahin, und ein kräftiger Luftzug blies uns wie durch einen Windkanal entgegen. Ich kam nicht recht in den Tritt, und obwohl er hier nicht schneller fuhr als sonst, hatte ich enorme Mühe mitzuhalten. Wütend musste ich dabei zuschauen, wie die Verbindung langsam abriss. Erst klaffte nur eine zentimetergroße Lücke zwischen uns, die sich aber ständig vergrößerte, bis er sich schon unerreichbar von mir entfernt hatte. Zuletzt war sogar der Sichtkontakt unterbrochen. In solchen Situationen wartete er ein Stück weiter auf mich, das hatten wir abgemacht. Aber mir fehlte an diesem Tag sein Lächeln, als ich ihn schließlich eingeholt hatte, und das verstärkte das Gefühl, eine Niederlage erlitten zu haben.

Nicht nur beim Radfahren suchten wir diesen Wettbewerb, als käme es dabei auf etwas sehr Wichtiges an. Dabei waren schon allein die Voraussetzungen sehr unterschiedlich. Aber damals wollte ich nicht wahrhaben, dass das körperliche Kräfteverhältnis zwischen Mann und Frau von Natur aus tatsächlich ungleich verteilt ist, und tat alles, um mich darüber hinwegzusetzen. Natürlich machte es für die Kondition auch einen Unterschied, dass er mindestens die dreifache Menge an Trainingskilometern in den Beinen hatte. Nur eines hatte ich ihm voraus: meine Bereitschaft, mich total zu verausgaben. Ihm gefiel diese Glut, von der ich nicht wusste, woher ich sie eigentlich nahm.

Aufgeben kam für mich aber nie in Frage. So war es früher tatsächlich einmal passiert, dass ich nachts allein zehn Kilometer nach einer Party zu meiner Wohnung in die Innenstadt lief, ein Schatten am Rande einer Schnellstraße. Es fuhr keine U-Bahn mehr, und Geld für ein Taxi hatte ich auch nicht. Der Schneesturm blies mir eisige Flocken ins Gesicht, aber ich hielt durch und war die ganze Zeit froh, noch am Leben zu sein. Zwanzig Stunden hatte ich ein anderes Mal per Autostopp von Bremen nach München gebraucht. Eine Horrortour, auf der ich im Zeitraffer alles erlebte, wovor man Tramperinnen immer warnt. Erst wollte mich ein Fahrer vergewaltigen, und als ich mich mit Zähnen und Klauen wehrte, schmiss er mich mitten auf der Autobahn raus. Der nächste Pkw baute einen Unfall, und zuletzt schlief ich erschöpft in einem Lastwagen ein, der prompt die falsche Strecke fuhr. Trotzdem brachte ich es nicht fertig, zu Hause in meiner WG anzurufen, aus Stolz oder aus Verbissenheit, das weiß ich nicht mehr. Es waren Demonstrationen, wie weit ich in meiner Verbohrtheit gehen konnte – aber mein Geliebter mochte diese Geschichten, die niemand außer ihm begriff. Vielleicht, weil sie ihn an uns erinnerten. Er bewunderte meine Stärke, weil er glaubte, er könne sie in die richtigen Bahnen lenken. »Lass dir doch helfen«, sagte er oft, wenn ich voller Misstrauen und Abwehr nichts anderes wusste, als jeden Vorschlag, den er mir unterbreitete, abzulehnen.

Dass ich als Frau bei diesem Sport überhaupt mitmachte, hatte damit zu tun, dass wir die Auseinandersetzung, die sich zwischen uns abspielte, auf das Rennradfahren übertragen hatten. Je mehr wir im Leben umeinander rangen, desto verbissener wurde unser Wettstreit auf dem Rad. »Kleine Kämpferin«, sagte er zum Trost zu mir, wenn er schneller war als ich. Dennoch hatte ich immer öfter den Eindruck, er wolle es mir irgendwie zeigen.

Mit jedem Tritt in die Pedale versuchte ich meine rabenschwarzen Gedanken niederzudrücken, die, stark und elastisch, einfach nicht unten bleiben wollten. Sie bewegten sich genauso im Kreis wie die surrende Kette. Wenn man der zuschaute, überkam einen das Gefühl von Sinnlosigkeit. Trotz allem schien der Mechanismus der körperlichen Verausgabung weiterhin zu funktionieren, und nach und nach wurde mir leichter zumute. Endorphine wurden ausgeschüttet, breiteten sich in meinem Blut aus, bekämpften die Stresshormone, reduzierten die freien Radikale und betäubten meine Schmerzen. Der Lohn für die Anstrengung, das Hochgefühl des Ausdauersportlers, durchströmte jede Zelle meines Körpers. Schon wieder zuversichtlicher, schloss ich mich ihm einfach an, als er immer noch wortlos die vertraute Abzweigung Richtung Au einschlug. Ein Test, wie ich annahm, ob wir uns noch verstanden. Mit der Angst von Ertrinkenden klammerten wir uns an die Hoffnung, es gäbe irgendwo in der Nähe eine rettende Insel im Meer.

Wir jagten die Straße entlang, wir schoben die Räder durch den Auwald, die Erde war kühl und lehmig, der Blick weitete sich nach Süden, alles wie sonst auch, nur wir waren anders geworden. Wir sprachen nicht aus, was wir beide spürten, unsere alten Spielgründe verweigerten uns aber schon den Zutritt. Wir sahen nur noch auf eine Erinnerung. Fortan würde es so sein: Wenn wir hierherkämen, dann einzig auf der Suche nach der Vergangenheit.

War es deshalb, dass ich weinte? Weil ich vergessen würde?

Dann, nach dem Schweigen, die vielen Worte, mit denen er versuchte, mir möglichst schonend beizubringen, dass er nun doch mit seiner Familie nach Frankreich in Urlaub fahre. Er redete nicht lange drum herum. Er kam gleich zur Sache, kaum dass wir uns auf unseren ausgebreiteten Windjacken niedergelassen hatten. Ich umfasste meine Knie und starrte auf das grüne Isarwasser, das genauso unaufhaltsam an mir vorbeirauschte wie seine Worte.

»Wann?«, fragte ich.

»Morgen. Versteh doch, ich muss es tun.« Er sagte zur Begründung tatsächlich »ich muss«. Das Blut rauschte in meinen Ohren.

»Was hab ich damit zu tun, mit deinem ›du musst‹? Warum versteckst du dich hinter einer Verpflichtung? Gib doch zu, dass du es in Wirklichkeit so willst!«

»Wein doch nicht.« Er dachte, ich weinte um ihn, und er hatte sicher recht, wenn er mir zu verstehen geben wollte, er sei meine Tränen nicht wert. »Ich tue bestimmt nichts gegen uns.« Damit war gemeint, dass er während des Urlaubs nicht mit seiner Frau schlafen würde. Was anderes fiel ihm zu meinem Trost nicht ein. Es lohnte sich nicht, darauf zu antworten. Ich weinte ja nicht aus Eifersucht. Nur Männer denken so. Frauen empfinden da viel komplizierter. Ich weinte, weil er mich demütigte. Seine Ausrede hatte mir mit einem Schlag enthüllt, wie viel ihm seine Ehefrau noch bedeutete. Ich fühlte mich deshalb von ihm betrogen. Nicht so sehr, *was* er tat, verletzte mich, sondern vielmehr die Tatsache, *dass* er es überhaupt tat. Was waren meine eigenen Vergehen gegen seine Schwäche. Er würde sich niemals ändern, das wusste ich jetzt.

Ein eisiger Windstoß ließ uns erschauern. Die aufziehende Kaltfront schickte ihre Vorhut voraus. Die eben noch harmlos dahintreibenden Tupfen der Castellanuswolken hatten sich entlang einer atmosphärischen Sperrschicht vor den Alpen zu großen Haufenwolken zusammengeballt. Diese begannen zu brodeln und türmten sich bis hinauf in die labilen Luftmassen, wo sie sich zu einer typischen Ambosswolke verbreiterten. Sie hob sich hell leuchtend wie Marmor vor den sich verdunkelnden Bergen ab.

Bald würde ein ungeheurer Platzregen losbrechen.

»Hast du das heraufbeschworen?«, fragte er und deutete nach oben. Es war ein krampfhafter Versuch, unseren alten lässigen Ton wiederzufinden. Hastig rafften wir unsere Sachen zusammen, zerrupften unser Lager aus den Jacken, Handtüchern und meinem gepunkteten Schal.

Manchmal habe ich diese Momente unglaublicher Klarheit, mit der ich erfasse, dass sich jedes einzelne Ding im Universum an seinem richtigen Platz befindet. Alles war so, wie es sein sollte, und deshalb lag dieser kleine Stein schon für mich bereit. Mag sein, dass er mir nur deshalb auffiel, weil er dunkler war als die hellen Isarkiesel. Glatt geschliffen und fast schwarz, passte er gerade in das Innere meiner Handfläche. Er hatte exakt die Form eines Herzens, etwas asymmetrisch, ähnlich dem Organ in unserer Brust, das den Menschen erst ausmacht. Ein steinernes Herz. Ich schloss meine Finger darum, er hatte nichts bemerkt.

Es war ein Zeichen, da war ich mir ganz sicher, aber was hatte es genau zu bedeuten? Man soll nicht nur an Gott denken, wenn man ihn braucht, das hatte meine Mutter mir immer gepredigt, aber in meiner Not schickte ich dennoch ein Stoßgebet zum Himmel. »Lieber Gott«, betete ich, »was willst du mir sagen? Du kannst doch nicht meinen, dass ich mich dermaßen verhärten soll? Oder willst du mich daran erinnern, dass er ein Herz aus Stein hat und deshalb eine Strafe verdient?« Als Antwort kam nur das laute Grollen des Donners.

Wie oft hatte ich das im Alpenvorland schon erlebt: Es

wird ein Gewitter in großer Besetzung angekündigt. Eine schwarze Wolkenfront verdunkelt den Horizont, in kürzer werdenden Abständen jäh illuminiert von einem pulsierenden Wetterleuchten. Der Wind scheucht uns in kalten Böen vor sich her. Jeder packt hastig die Sachen, rottet sich unter Vordächern und Unterständen zusammen, flüchtet unter Brücken. Nervöses Abwarten, doch das Mikroklima hält sich an keine Vorhersage. Eine völlig andere Gegend wird von dem Gewitter heimgesucht als angesagt – oder es passiert rein gar nichts. Beides hinterlässt gleichermaßen eine bleierne Schwüle und das Gefühl, betrogen worden zu sein.

Es war mir schon öfter aufgefallen, ohne dass ich mir eingestanden hätte, was ich davon hielt: Wenn wir auf unseren Touren unterwegs waren, schien er sich fast panisch davor zu fürchten, in ein Unwetter zu geraten. Blind und taub für alle Argumente, kannte er dann nur den einen Gedanken: sofort umzukehren. Ein Erbe seiner schwierigen Kindheit, rechtfertigte er seine unmännliche Reaktion, ohne dass ich ihn darum gebeten hatte.

Ehe ich mich nach meinem Tränenausbruch wieder gesammelt hatte, stand er deshalb auch schon vor mir oben am Uferweg. Er winkte, ich solle mich beeilen, aber mich packte angesichts seines Egoismus die Wut. Das steinerne Herz in meiner Hand fest umklammernd, rief ich ihm zu, er solle abhauen, und zwar endgültig: »Verschwinde!«

Hin und her gerissen zwischen seiner abergläubischen Furcht vor einem Gewitter und seinen Schuldgefühlen mir gegenüber, siegte am Ende die Angst. Er drehte sich um und verschwand, ohne sich noch einmal umzuschauen, zwischen den peitschenden Zweigen der Silberweiden.

Der tief hängende Himmel hatte sich inzwischen zu horizontalen Streifen sortiert. Sein finsteres Grau, das geisterhafte Weiß der Kiesbänke und das dunkle Grün der schäumenden Isar ließen mich frösteln. Ich erwachte aus meiner Starre und machte mich daran, mich auf den Heimweg zu begeben.

Eigentlich erschien es unmöglich, dass ich ihn einholen konnte. Es sei denn, ihn hätte die Reue gepackt und er wäre unsicher geworden, ob er nicht doch wieder umkehren sollte. Dann würde er vielleicht langsamer als gewöhnlich fahren. Obwohl ich es nicht wollte, überlegte ich trotzdem, welche Route er wohl gewählt haben könnte, und schließlich entschied ich mich nach eingehender Betrachtung des Himmels für die Strecke über Schäftlarn.

Ich hatte es immer sehr gemocht, wenn man auf der großen Brücke in einer weiten Linkskurve die Isar überquert und dann das gewaltige Kloster auftauchen sieht. Auch jetzt beruhigte mich dieser Anblick. Zu beiden Seiten der Straße staubige Kornfelder, der Sommer neigte sich tatsächlich seinem Ende zu, sie waren schon abgeerntet und umgepflügt. Dieser Streckenabschnitt war eben, aber gerade deswegen enthielt er die Aufforderung, sich zu sammeln, um danach den Anstieg nach Hohenschäftlarn in Angriff zu nehmen. Kein Auto befand sich auf der Straße, ich war der letzte Mensch, der noch draußen unterwegs war, ehe es mit dem Unwetter richtig losging. Im Moment machte es eine Pause, die Luft war vollkommen still, kein Blatt rührte sich in Erwartung dessen, was bevorstand.

Als wir mit unseren Ausfahrten anfingen, hatte ich stets einen ziemlichen Druck auf dem Magen gehabt, bevor ich diese Rampe anfuhr. Erst nach und nach hatte ich gelernt, mich auf meine Muskeln, aber vor allem auf meine Ausdauer zu verlassen. Einmal, als wir nach den vier quälend lang gezogenen Serpentinen keuchend verschnauften, war uns ein junger Hund schwanzwedelnd aus einem der Gärten entgegengesprungen und hatte in den Wind geschnüffelt, der ihm durch das seidige Fell strich. Er zögerte eine Weile, ob er den Verlockungen all der Düfte nachgeben sollte, die ihm in die Nase wehten – und war schließlich nach Hause umgekehrt. Ohne mir dabei groß etwas zu denken, hatte mich das zu dem Kommentar »Zwischen Treuepflicht und Abenteuerlust« inspiriert. Mein Geliebter war jedoch sensibel genug, um sich angesprochen zu fühlen. Auch später kam er immer wieder auf diese kleine Szene zurück. Selbstverständlich hatte ich angenommen, er hätte sich für »Abenteuerlust« entschieden, aber das war ein Missverständnis, wie sich nun herausgestellt hatte.

Die besagte Stelle war heute verwaist, und ich fräste mich weiter allein durch die verdüsterte Landschaft, gegen die schwüle Luft und einen Kummer antretend, der so umfassend war, dass ich mich wie betäubt fühlte.

Von irgendwoher wuchs mir neue Kraft zu. Ich fuhr so schnell wie noch nie, seitdem ich dieses rote Rennrad extra wegen ihm angeschafft hatte. Meine Beine trommelten einen wilden Takt, den die Verzweiflung mir eingab. Gleich würde sich meine Seele von meinem überanstrengten Körper lösen, um mit den Wolken davonzufliegen. Wir müssen uns leicht machen, wollen wir das Schwere überleben, dachte ich. Ich spürte keinen Schmerz mehr in den Oberschenkeln, keine Atemnot an den Steigungen, keine Müdigkeit. Es gab nur eins: vorwärtszukommen. Noch immer war kein Tropfen Regen gefallen.

Als ich hinter Hohenschäftlarn den neuen Radweg Richtung Autobahn heruntersauste, das Gesäß als Ausgleich für die Bodenwellen leicht über dem Sattel schwebend, und immer gewärtig, dass der Weg abrupt an einer Bordsteinkante endete – ein idiotischer Fehler der Planer –, hatte ich kurz den Eindruck, vor mir einen blauen Punkt in der Ferne zu erkennen. Ich trat schneller, aber der Punkt verschwand. Statt enttäuscht zu sein, war ich merkwürdigerweise erleichtert. Normalerweise hätte ich nun den Lärm der Autobahn gehört, die mit ihren breiten Spuren viel zu viel Fläche beansprucht. Die Stadt München saugt das ganze Alpenvorland auf, und erst wenn man viel Fahrrad fährt, erhält man überhaupt ein Gefühl dafür und versteht, wie zerstört die Landschaft letztlich ist. Doch unter der Brücke, wo sonst die Geräuschkulisse anfing, war es unheimlich ruhig. Und ich fragte mich verunsichert, ob vielleicht noch mehr passiert war als bloß eine Unwetterwarnung.

Um das zu verstehen, was gleich geschehen wird, noch etwas vorweg: Seit dem Morgen hatte ich nichts mehr gegessen. Die Tüte mit dem Amaranthmüsli, das mir mein Geliebter in seinem Bemühen, etwas für mich zu tun, als Unterlage für den Tag so sehr ans Herz gelegt hatte, war am Morgen leer gewesen. Wie alles, was man in einen WG-Haushalt einbringt, war es einfach verschwunden. Ich musste mich zum Frühstück mit einem Joghurt begnügen. Doch der Stoffwechsel des Ausdauersportlers benötigt Kohlehydrate, um zu funktionieren. Ich war also bereits unterzuckert und spürte einen Druck hinter der Stirn, dazu kam, dass vor einem Gewitter die Luft mit elektrischer Spannung nur so aufgeladen war, und meine Haare knisterten und klebten an meinem Gesicht. Auch eine weniger empfindsame Person als ich könnte dadurch außer Kontrolle geraten.

Im Grunde hätte ich es doch wissen müssen, klagte ich mich an, während ich fast spielend die letzte kleinere Steigung überwand. Ich hätte drauf gefasst sein müssen, dass er am Ende doch lieber mit seiner Familie in Urlaub fahren würde, obwohl wir letzte Woche noch Pläne gemacht hatten, wohin wir beide zusammen verreisen könnten. Mir war nur aufgefallen, dass er dabei immer schweigsamer wurde. Sein steinernes Herz. Er hatte meinen Verrat mit gleicher Münze zurückgezahlt. Oder war es umgekehrt? Der Stein in meiner Tasche schien von Augenblick zu Augenblick schwerer zu werden, aber sein dunkles Gewicht gab mir keine Antwort.

Die »Olympiastraße« war jedes Mal die letzte wirkliche Herausforderung auf unserer sogenannten großen Tour. 1936 von den Nazis anlässlich der Olympischen Winterspiele angelegt, zieht sie sich schnurgerade neben der Garmischer Autobahn dahin. Heute wird sie fast nur von Radfahrern als Rennstrecke benutzt. Für uns war sie die ideale Möglichkeit, um zum Schluss den Schnitt zu verbessern. Ja, das muss auch erwähnt werden, weil es mit zu unserem Spiel gehörte, diese rührende Ernsthaftigkeit, mit der wir unseren Sport betrieben. Wie wir um jedes Gramm kämpften, das die Räder leichter machte, und um jede Sekunde Zeitgewinn. Damals waren gerade die ersten multifunktionalen Tachos in Miniaturformat auf den Markt gekommen. Für heutige Verhältnisse waren sie lächerlich teuer, aber natürlich hatte er sich sofort ein solches Messgerät angeschafft mit dem Ergebnis, dass er laufend unsere Durchschnittsgeschwindigkeit im Auge behielt – und noch ehrgeiziger fuhr als zuvor. Deshalb sah ich der Olympiastraße immer mit gemischten Gefühlen entgegen. Wegen meines geringeren Gewichts als mein Geliebter hatte ich in der Ebene Schwierigkeiten – ich brachte einfach nicht genug Druck auf die Pedale. Und so habe ich auf den vielleicht acht Kilometern unter aufmunternd gemeinten Zurufen mehr Männer auf ihren Rädern an mir vorbeiziehen sehen, als eine Frau erleben möchte. Kurz, es war die Straße meiner sportlichen Niederlagen.

Trotzdem war ich erleichtert, als ich endlich das vernarbte Asphaltband erreichte. Der mächtige Cumolonimbus, jene Gewitterwolke, war jetzt nur noch eine amorphe Masse direkt über mir. Ich bemerkte einzelne, niedrig dahinschwebende Wolkenfetzen, weiße Segel auf dunklem Meer. In einer Unterführung hatte sich eine Gruppe Ausflügler zusammengeschart. Erste Tropfen zerplatzten auf dem staubigen Grund.

All das erklärt sicher nicht hinreichend meine heftige Reaktion, als der blaue Punkt plötzlich wieder am Horizont auftauchte. Er schien zu wachsen und sich pulsierend auszudehnen, obwohl er noch einige hundert Meter entfernt war. Meine Augen hatten in dieser Situation die Sehschärfe eines Raubvogels angenommen, der seine Beute aus großer Entfernung aufspüren kann. Ich sammelte alle Energie des wabernden Gewitterfeldes ein und trat in die Pedale, als würde ich verfolgt werden. Furien waren hinter mir her und hetzten mich auf ihn. Alekto, Megairo und Tisiphone – und dazu ich, das willige Instrument ihrer weiblichen Rache.

Die Tropfen fielen dichter, der frische Sommergeruch nach regenfeuchter Straße stieg mir in die Nase. Alles Übrige versank im Nebel, mein Gesichtsfeld war völlig auf seine Umrisse vor mir verengt, die nach und nach deutlicher wurden.

Auch beim Rennradfahren gilt der physikalische Satz von der Erhaltung der Energie, weshalb man weniger Kraft aufwenden muss, sobald man sich einmal auf Touren gebracht hat. Nur so kann man ein Rennen gewinnen. Und nur so hatte ich mich an ihn herangekämpft. Eine gewaltige Böe peitschte mir stechende Tropfen ins Gesicht. Er musste mich im Rücken gespürt haben, denn durch den dichten Vorhang aus Wasser konnte ich gerade erkennen, dass er sich umdrehte. Ein Blitz zuckte auf, und gleich noch ein zweiter und dritter. Im Geist zählte ich mit: eins, zwei, drei…, bis der Donner folgte. Das Zentrum des Gewitters war ganz nah. Ich hatte ihn endlich eingeholt. Ich war neben ihm und griff hinüber in sein Lenkrad. Fast wären wir ins Straucheln geraten, aber er fing sich wieder, und ich ließ sofort ab von ihm.

Ohne dass wir uns darüber verständigten, hielten wir keuchend am Straßenrand an. Ein Sturzregen ging auf uns nieder, betonierte uns in Kälte ein. Es war vorbei.

»Du hättest uns beinahe umgebracht«, sagte er.

Ich nickte. Von dem steinernen Herz sagte ich ihm nichts.

Aufschub

1

Was weiß ich eigentlich vom Regen, dem großen Gleichmacher? Er fällt auf Gute und Böse, auf Häuser und Straßen, auf Gras und Asphalt, auf alles und jeden, ohne Ansehen der Person. Er gehört niemandem, er gehorcht niemandem, er ist einfach da. Sein Rauschen nimmt alles mit sich und lässt uns vergessen, was gewesen war. Er ist es, der uns Aufschub bringt. Und wenn es aufhört zu regnen, ist die Welt wie neu geboren.

Das Wasser spülte meine Scham weg und meine Schuld. Was an jenem Freitag passiert war, versank gnädig hinter einem dichten Wolkenvorhang. Seit jenem Unwetter hatte es fast ununterbrochen geschüttet. Sintflutartige Güsse, dünner Nieselregen, schnelle Schauer wechselten sich ab mit dichtem Dauerregen, dazwischen kurze, grau bewölkte Pausen. Ich war dankbar für das schlechte Wetter, die unsommerliche Kälte. Nachts, wenn ich in meinem Bett unter der Dachschräge unserer WG-Wohnung lag, hörte ich den Regen prasseln, und das war Anlass zu einem Glücksgefühl ausgleichender Gerechtigkeit, das irgendwo ganz tief unten im kosmischen Gedächtnis meiner Zellen wurzelte. Seit meiner Kindheit hatte ich diesen Zustand geliebt: Von der Nässe und dem Dunkel war ich nur durch die dünne

Schicht der Dachziegel geschützt, darunter war ich vollständig sicher, und nichts konnte mir geschehen. Eigentlich will ich darauf hinaus: Die Nacht ist die ideale Tageszeit für den Aufschieber und der Regen das ideale Wetter. Das eine wie das andere erzeugt einen Zustand moralischer Unbestimmtheit, der ihn der Verantwortung für sein Handeln enthebt. Solange es regnete, brauchte ich nicht zu entscheiden, wie es weitergehen sollte.

Er hatte mich gedemütigt, ich wollte ihn dafür bestrafen. Mit einer wunderbaren Großzügigkeit sah er es mir nach. Solche Ausbrüche waren es nicht, die uns etwas anhaben konnten. Ebenso leicht wie er verletzte, konnte er auch verzeihen. Wir wussten inzwischen Dinge voneinander, die andere niemals von uns wissen würden.

Noch während sich das Gewitter über unseren Köpfen entlud, hatte er mich zum Abschied gebeten, ihn zu verstehen und auf ihn zu warten. Er würde mich anrufen, und er würde mir aus Frankreich schreiben. Ich fand, es hörte sich fast ein wenig peinlich an, so als wäre ich eine Soldatenbraut und er zöge hinaus ins Feld und bäte mich, ihm treu zu bleiben.

Aber auch nach Tagen war keine Silbe von ihm zu mir durchgedrungen, obwohl er es doch versprochen hatte. Ich konnte nicht sagen, dass ich ihn vermisste. Vermissen war das ganz falsche Wort für die Empfindung von Taubheit und Fremdheit, die mich erfüllte. Ich schlief, ich aß, ich sprach. Ich ging morgens aus dem Haus, eingeschlossen in eine Vagheit, die ich niemandem erklären konnte, und kehrte abends in einer so verlorenen Stimmung zurück, als wäre ich eigentlich unsichtbar und nur mein Geist hätte tagsüber mit den Kunden und Kollegen gesprochen. Es war wie in einem Traum, aus dem man aber nicht aufwachen kann.

Mir war meine Mitte abhandengekommen, und mit wachsender Verwunderung stellte ich fest, ich fürchtete mich davor, dass er zurückkehrte. Es gab plötzlich einen Unterschied zwischen meinen Gefühlen und meinen Erinnerungen, der mich verwirrte. Dass es in der Vergangenheit so schön gewesen war mit uns, bedeutete nicht länger, dass es auch so weitergehen würde. Solange es noch Sommer war, gab es nichts zu verzeihen. Ich fand es gut, so wie es war. Ich traute uns zu, alles auszuhalten. Seine Frau, das Vorhandensein seiner Familie – ich nahm an, wir hätten das Recht, sie zu ignorieren. Zu machen, was wir wollten, das verlieh uns Glanz. Doch woher hatte ich die Zuversicht genommen, für uns gäbe es eine Ausnahme von allen Regeln? Jetzt jedenfalls verstand ich mich selbst nicht mehr. Ich wollte so viel, aber schon beim ersten großen Unwetter hatte ich versagt.

Musste dieser Frankreichurlaub für mich wirklich ein Grund zu solch einer Verzweiflung sein? Doch ich sah seine Reise als ein Zeichen an, so eindeutig, dass keine andere Auslegung möglich war. Er konnte nur deshalb mit der Familie wegfahren, weil er den Glauben an uns aufgegeben hatte.

Von nun an übte ich das Vergessen, doch trotzdem kam ich von meiner Angewohnheit, lange über etwas zu grübeln, nicht los. Immer wieder erwischte ich mich selbst dabei, wie ich mir das bittere Vergnügen leistete, im Geist an den Anfang unserer Liebe zurückzukehren. Ich wurde ein besessener Gralshüter, der Gärtner meiner kostbaren Erinnerungen, die ich hegte und pflegte.

Eine Hand tastet unsicher nach meiner und hält sie fest. Ich gehe am Glockenbach alleine durch den Schnee und weine. Ich gehe am Glockenbach entlang und weine – und diesmal geht er mir nach. Ich liege in der Pupplinger Au im Gras, eine Hand streichelt mich. Es ist schön, zum Sterben schön.

Ich hab immer gefunden, dass er zu teure Kleidung trägt. Ich weiß, dass er traurig ist, dass er sich immer ärgert. Beim Sprechen schiebt er das Kinn vor; er kräht, wenn er sich aufregt, das tut nur er. Dass er oft Angst hatte und einen irritierten Blick. Dass seine Augenbrauen zweifarbig sind, blond und kastanienbraun. Dass er Käsekuchen mit Rosinen mag (ich nicht). Seine braunen Fußballerbeine. Er geht nach auswärts, daran erkenne ich ihn von Weitem. Wie es war, als ich ihn das erste Mal in kurzen Hosen sah, und wie erschrocken ich war von der Wucht seiner Oberschenkel. Wie ich ihm erzählt habe, dass in meiner Familie Fußball nichts galt – und wie er sich das nicht vorstellen konnte. Er bedauert alle Menschen, die sich nicht für Fußball interessieren, so als müssten sie an diesem Mangel eingehen und vertrocknen.

Ich konnte mich selbst kaum ertragen. Was mich durch die nächsten Wochen rettete, war ausgerechnet meine Freundin Jutta.

Am Anfang begriff ich überhaupt nicht, was eigentlich los war, als sie mich eines Abends anrief. Sie schluchzte so heftig ins Telefon, dass ich kein einziges Wort verstehen konnte. Das war völlig untypisch für sie. Das Einzige, was ich ihrem Stammeln entnehmen konnte, war, dass sie unbedingt ihre Wohnung verlassen haben wollte, ehe ihr Freund Rainer von einer Reise zurück war.

»Pack doch ein paar Sachen ein und komm zu mir«, schlug ich ihr vor. Platz war genug vorhanden, die beiden Frauen, mit denen ich damals in der WG zusammenlebte, waren sowieso fast nie da. Irgendetwas ganz Furchtbares musste passiert sein, aber ich konnte mir nicht genau vorstellen, was.

Ziemlich gespannt, wie sie wohl aussah, öffnete ich ihr die Wohnungstür. Ungeschminkt war sie sehr blass, aber das stand ihr gut. Die Röte um den Mund vom vielen Weinen ließ sie sehr jung und verletzlich wirken. Ich fand es fast etwas kleinlich von mir, dass ich kurz zögerte – aber sollte ich sie wirklich in den Arm nehmen und trösten? Ich war doch eine Verlassene wie sie.

»Herein«, sagte ich, als sie im Flur stehen blieb und sich neugierig umschaute. Sie kannte meine Wohnung noch nicht, bisher hatten wir uns immer bei ihr getroffen.

»Weiß er, dass du hier bist?«, fragte ich, als wir schließlich am Küchentisch saßen. Sie wollte keinen Wein trinken. »Lieber Pfefferminztee, das passt besser zur Situation.«

Jutta zögerte kurz. »Ich hab einen Zettel mit deiner Adresse auf den Küchentisch gelegt. Aber ich glaube nicht, dass er hier auftaucht«, meinte sie. »Jedenfalls nicht heute Abend.«

»Und was willst du jetzt machen?« Ich wollte endlich hören, was geschehen war. Sie erschien mir so entschlossen, selbst dann noch, als sie auf mein Nachfragen einräumen musste: »Ich habe keine Ahnung.« Sie zuckte mit den Schultern. »Er hat einen unglaublichen Vertrauensbruch begangen, und das gerade in diesem Moment.«

Ich schaute sie fragend an.

»Weißt du das gar nicht?« Sie musste schlucken. »Wir wollten doch heiraten.«

»Ist nicht dein Ernst?« Ich war ehrlich überrascht. Im Frühsommer war zwar einmal die Rede davon gewesen, aber das hatte ich den beiden nicht abgenommen. Das war kein echter Plan gewesen, eher ein Wunschtraum. Rainer war ja noch nicht mal geschieden.

Komischerweise zog Jutta jetzt trotz ihres Kummers ein genauso eigensinniges Gesicht wie sonst auch immer, wenn ich sie davor gewarnt hatte, Rainers Versprechungen für bare Münze zu nehmen.

»Ja«, erwiderte sie etwas spitz, »er hat es mir wirklich versprochen.« Aber sie klang nicht so, als glaubte sie noch daran.

Ich fühlte mich zwar schuldbewusst, aber nicht genug, um mich nicht trotzdem insgeheim ein ganz klein wenig darüber zu freuen, dass Jutta so verzweifelt war. Rainer und sie kamen auch nicht miteinander zurecht.

»Was die Männer doch für Heuchler sind«, fuhr Jutta fort. »Mir gegenüber schwärmt Rainer vom Heiraten, und in Wirklichkeit fährt er zur Verlobung seiner ältesten Tochter. Mit seiner Exfrau, versteht sich.«

»Wieso?«, sagte ich vorsichtig. »Hätte er vielleicht dich mitnehmen sollen?«

»Quatsch«, antwortete sie ungeduldig. »Aber dass er bei den zukünftigen Schwiegereltern seiner Tochter so tut, als wäre er seit fünfundzwanzig Jahren glücklich verheiratet, geht einfach zu weit. Das ist so demütigend.«

»Seine Tochter ist beinahe so alt wie du, was?«

»Es geht auch gar nicht darum, dass ich eifersüchtig wäre …«

»Genau«, unterbrach ich sie voller Eifer. »Die Männer denken in solchen Momenten bloß immer, wir wären gekränkt.«

»Aber das stimmt überhaupt nicht«, bekräftigte Jutta zufrieden. »Sie brauchen bloß unseren Groll als Ausrede, damit sie kein schlechtes Gewissen haben müssen, wenn sie bei ihren Frauen sind.«

»Aber ich hatte gar keinen Groll auf ihn, als mein Geliebter mit seiner Frau wegfuhr«, merkte ich verschämt an. Darauf hatte nicht einmal Jutta eine Antwort.

Ich bot ihr unser Gästezimmer an, aber wegen der Katzen, die sich dort einquartiert hatten, schlief sie lieber bei mir mit im Bett. Es war fast wie früher auf Klassenreise, im Mädchenschlafsaal: Wir wollten vor dem Einschlafen noch plaudern, doch bald verwirrten sich unsere Gedanken und verloren sich in einer sternenklaren Nacht. Die erste seit Wochen.

Am Morgen saßen Jutta und ich keusch wie zwei Nonnen beim Frühstück, das Haar in große Handtücher gewickelt.

»Nein, nein«, meinte Jutta fast schon wieder übermütig, als ich ihr diese Assoziation mitteilte, »nicht wie die Nonnen, wir sind in einem Sanatorium für Liebeskranke.«

Wir hatten beide recht, egal ob Nonne oder Kurpatientin, für einige Tage gönnte uns das Leben eine Auszeit. Kein Sex, keine Szenen, kein Wahnsinn, stattdessen beschlossen wir, etwas für unser Aussehen zu tun, und erlegten uns eine blutreinigende Diät und ein Rauchverbot auf. Ich kramte auch mein altes Handbuch über Naturkosmetik heraus, und Jutta stürzte sich auf die Rezepte für regenerierende Gesichtsmasken aus Quark, Ei und Honig.

Wir kannten uns jetzt so gut, dass ich in ihrer Kosmetiktasche stöbern durfte. Ihr Inhalt war ausgesucht von einer Frau, die sich schön fühlte und eigentlich keine Schminksachen brauchte. Juttas Devise: »Immer nur das Notwendigste.« Woher wusste sie aber, was das genau war? Ich stand vor einem Rätsel. Selbst in dieser Hinsicht war sie das totale Gegenteil von mir. Ich bewunderte sie, aber ich selbst würde niemals so vollkommen sein. Es wäre mir sogar angenehm gewesen, sie hätte in meiner Wohnung etwas herumliegen lassen, einen alten Schal oder gebrauchte Socken. Aber nichts davon.

Vielleicht hatte sie nicht genug Fantasie dafür, um unordentlich zu sein. Ihre Innenwelt stellte ich mir als eine Flucht sehr heller, sehr aufgeräumter Zimmer vor. In diese Räume konnte jeder hineintun, was er gern darin sehen wollte. Mit »jeder« meinte ich: Männer. Wahrscheinlich ist es genau das gewesen, was sie so unwiderstehlich machte.

2

Wir hatten uns ein Vakuum geschaffen, Jutta und ich, aber das war gegen die Natur und zog schon sehr bald einen Besucher von außen an.

Wir waren gerade eingeschlafen, als es unten an der Haustür plötzlich Sturm klingelte.

»Wie spät ist es?«, murmelte Jutta schlaftrunken. »Ein Uhr! Das kann doch nicht sein.« Ihre Stimme schwankte gefährlich. Es läutete schon wieder. »Das ist bestimmt Rainer. Was soll ich bloß tun?« Jetzt klang sie hochgradig alarmiert.

»Frag ihn doch, ob er raufkommen will«, antwortete ich.

Ich hörte das tappende Geräusch ihrer nackten Füße auf den Holzdielen. Die Wohnungstür wurde geöffnet, Stimmen aus dem Treppenhaus. Die Wohnungstür klappte zu.

»Komm doch bitte zu uns!«, rief Jutta mir nach einer Weile zu.

Ich warf mir schnell einen Bademantel über. In unserem Gemeinschaftsraum hatten Jutta und Rainer sich auf der durchgesessenen Ikea-Couch bereits häuslich eingerichtet. Dicht aneinandergeschmiegt schienen sie sich wiedergefunden zu haben; er hatte besitzergreifend den Arm um sie gelegt. Ein in seiner völligen Unterschiedlichkeit dennoch harmonisches Paar. In Juttas grünen Augen glaubte ich so etwas wie ein schlechtes Gewissen darüber zu erkennen, dass sie so schnell nachgegeben hatte.

Er schien ein Mann zu sein, der nicht die geringste Hemmung hatte, zu so später Stunde an einer fremden Wohnungstür zu klingeln. Und ich ärgerte mich über mich selbst, dass ich mich sogar genierte, es wenigstens kritisch anzumerken.

Rainer hatte ich bisher nur zufällig von Weitem wahrgenommen – und dabei den ziemlich allgemeinen Eindruck eines eigentlich eher durchschnittlich gut aussehenden Mannes bekommen: hochgewachsen, breitschultrig, kräftige Hände. Er war in einem Alter, in dem zu viel Haar etwas perückenhaft wirkt; seins war deswegen ganz kurz geschnitten. Wenn ich es nicht für ein Vorurteil gehalten hätte, dann hätte ich seine Erscheinung als die eines Gutsherren oder Jagdaufsehers beschrieben. Das hatte mit seiner sehr aufrechten Haltung zu tun oder mit seinem Profil, das etwas Falkenhaftes hatte.

Während wir uns jetzt die Hände gaben, bemerkte ich an der Art, wie selbstbewusst er den Blickkontakt aufnahm – nicht auch nur für einen Moment senkte er die Augen –, dass ich intuitiv gar nicht so falschgelegen hatte. Er war ein Mann, der erwartete, dass man sich seinem Willen fügte. Er glaubte, das Recht darauf zu haben. Nicht weil er außergewöhnlich geistvoll oder liebenswert gewesen wäre, nein, einfach deswegen, weil er etwas Bestimmtes verkörperte. Zufälligerweise war es eine der Lieblingsgeschichten des ausgehenden 20. Jahrhunderts: die großartige Story von jemandem, der mit seinen Ideen Erfolg hatte. Ohne dass er viel sprechen musste, hatte er als Objekt der Anbetung raumfüllende Wirkung. Unsere WG-Dachstube mit ihren etwa fünfundzwanzig Quadratmetern Vertrautheit wirkte durch seine Anwesenheit geschrumpft.

Wie ich sie beide nebeneinander auf dem Sofa sitzen sah – sie schien fast silbrig, er dunkel, sie zart, er wuchtig –, glaubte ich zu begreifen, worin eigentlich Juttas Anziehung für ihn bestand: Sie lag in einem unauflösbaren Rest scheinbarer Passivität, der sie immun für bestimmte Ansprüche machte. Sie mochte von seinen finanziellen Zuwendungen abhängig sein, dennoch hatte sie sich eine Form der Freiheit bewahrt. Er hatte wohl immer von sich selbst angenommen, dass er jemand sei, der nicht lieben könne. Erst durch sie, die so viele Jahre jünger war als er, hatte er Hingabe kennengelernt.

Rainers Augen wirkten müde. Gewohnheitsmäßig wollte er Schwäche nicht zugeben, aber man sah ihm trotzdem an, wie erschöpft er war, von Kummer und Schlafmangel. Als er kurz aufstand, registrierte ich, wie sonderbar klein für einen so großen Mann seine Füße in den handgenähten Pferdelederslippern waren. Für so etwas habe ich einen Blick.

»Kennst du die französische Brasserie an der Ecke gegenüber?«, fragte er mich und deutete aus dem Fenster.

Von Jutta und mir unbemerkt, hatte Rainer den ganzen Abend dort gesessen, immer die erleuchteten Dachfenster meiner Wohnung vor Augen. »Und den Abend zuvor war ich auch schon da«, ergänzte er stolz. Jutta und ich schauten uns an. Es war ein merkwürdiges Gefühl, dass er uns beobachtet hatte, und wir hatten nichts davon gemerkt.

»Hier«, fuhr Rainer fort und drückte Jutta einen Haufen Papier in die Hand. »Zwanzig Seiten.« Er hatte sie mit der Hand in seiner hastigen ausgelaufenen Schrift vollgeschrieben. »Ich habe versucht dir zu erklären, warum ich ohne dich einfach nicht existieren kann, Jutta.«

Für eine echt gemeinte Beichte schien diese Menge an Text unglaubwürdig aufgebauscht. Auf mich wirkte es ein wenig so, als ob er hauptsächlich durch Volumen auftrumpfen wollte. Manche Menschen ändern sich nie. Anscheinend hatte er das Papier aber schon so oft hin und her gewendet, dass es nun ganz lappig in Rainers Hand lag.

Sein ganzer Auftritt hatte für mich etwas Unechtes, fast schon Operettenhaftes, aber bei Jutta zeigte sein Programm Wirkung. Sie schien von seiner Auslegung des alten Pygmalionthemas (Millionär steigt hinab in die Gosse, um armes Mädchen zu retten) ziemlich beeindruckt zu sein und hatte es längst aufgegeben, ein abweisendes Gesicht aufzusetzen.

Rainer wollte unbedingt bei uns übernachten. Da er noch immer in Büßerstimmung war, bestand er darauf, sich zum Schlafen ohne Zudecke auf unser unbequemes Sofa zu legen, während Jutta und ich in unser Bett zurückkehrten.

Ich brauchte lange, um mein klopfendes Herz zu beruhigen. Unaufhaltsam zogen die Stunden weiter, bevor ich einschlafen konnte. Ich vermutete, ihm war es nicht anders ergangen, denn in aller Frühe nahm er die Küche mit einer überquellenden Tüte frischer Brötchen und anderer Frühstücksutensilien in Beschlag. Er entwickelte eine geschäftige Betriebsamkeit, brauchte Besteck, fragte nach einer Eieruhr, um die perfekt wachsweichen Eier zu kochen, und verlangte eine Schürze, wofür Jutta nur ein genervtes Augenverdrehen übrig hatte. Dennoch ließ sie es zu, dass er in den nächsten Tagen eine Art Feldlager ihres Beziehungskrieges bei mir eröffnete. Mit seiner morgendlichen Frische, die mir nur allzu bekannt vorkam, funktionierte er das gemeinsam eingenommene Frühstück jedes Mal zu improvisierten Therapiestunden um. Die Folge war, dass ich von unserem vielen Gerede völlig erledigt in der Buchhandlung eintraf. Ich fragte mich, was die beiden eigentlich von mir erwarteten.

Er stürzte sich auf meine WG, als entdeckte er dort das wahre Leben. Dementsprechend übertrieben war auch der Enthusiasmus, mit dem er den »einfachen Holztisch« in unserer Küche lobte. »Findest du nicht auch, dass er ganz toll ist, Jutta?« Er sagte das mit einem Tadel in der Stimme, als ob er plötzlich entdeckt hatte, dass sie in Einrichtungsfragen viel zu konventionelle Vorstellungen habe. Jutta rührte ihr Frühstücksei nicht an, sondern runzelte stattdessen verärgert die Stirn. Rainer legte ein Tempo vor, bei dem einem kaum Zeit blieb zu begreifen, dass es zu seiner Selbstinszenierung gehörte, den Alltag zu überhöhen. Ich wehrte mich gegen das Gefühl, aber ich fand ihn dennoch anziehend, auch wenn ich mir immer wieder sagte, dass er ein Blender sei, ein Spieler, auf den man sich nicht verlassen könne.

Wie bei vielen Menschen mit Talent zum Erfolg mangelte es ihm an Ironie und Selbstkritik. Dementsprechend schnell konnte er eingeschnappt sein. Es schien zu stimmen, wie Jutta ihn mir einmal charakterisiert hatte, nämlich dass er als junger Mann, einfach nur ein unscheinbarer, wenn auch sehr ehrgeiziger Volkswirt gewesen sei. Allein seine Karriere und die erste selbst verdiente Million hätten ihn so attraktiv gemacht.

Über meine eigenen Empfindungen gegenüber den beiden wollte ich mir lieber keine Rechenschaft ablegen. Es war ein ganzes Bündel von widerstreitenden Gefühlen. Neid war ganz sicher auch dabei. Er trug sie auf Händen, die bequemste Art, mit einer Frau umzugehen. Trotzdem hätte ich mir vielleicht auch jemanden gewünscht, der mir ein Schloss bauen oder es wenigstens versprechen würde. Und mit Sicherheit hätte es mehr als genug Frauen gegeben, die sofort, ohne großes Nachdenken, Juttas Stelle eingenommen hätten. Aber sein vieles Geld verkomplizierte zugleich alles, denn Jutta musste sich und ihm ständig beweisen, dass sie nicht darauf aus war, dass sie kein Haus und kein Pferd wollte. Sie fuhr vielleicht gern Porsche. Na und, ich auch.

Zu dem Zeitpunkt, als sich die beiden in meiner Wohnung einquartierten, waren sie im Grunde mit ihrer Beziehung am Ende, darüber konnte man kaum hinwegsehen. Aber Rainer war nicht der Mann, der so leicht aufgab. Durch ökonomische Krisen mehr als erprobt, war er auch nicht gewillt, sich von einem emotionalen Rückschlag in die Knie zwingen zu lassen.

Natürlich hatte er längst von Jutta gehört, dass ich eine ähnliche Geschichte hatte wie sie selbst. Unter gewöhnlichen Umständen hätte ihn das eher zurückschrecken lassen, mich näher kennenzulernen. Doch in seiner Notlage machte mich meine Erfahrung zu seiner idealen Verbündeten. Ihm ging es darum, Jutta von der Aufrichtigkeit seiner Gefühle zu überzeugen. Ich sollte miterleben, dass er bereit war, sich zu ändern und ein sensiblerer Typ zu werden. Jutta alleine hätte ihm das niemals abgenommen, ich sollte sein Zeuge sein. Ich fühlte mich sogar ausgezeichnet, weil er Hilfe brauchte. Später schämte ich mich dafür und fand, ich hätte Jutta im Stich gelassen.

Er wollte seine allerbesten Absichten beweisen, aber etwas ändern wollte er nicht. Jutta sollte seine Traumfrau bleiben, und Traumfrauen heiratet man nicht.

Für beide war es ein fast unlösbares Dilemma. War Jutta vernünftig und gab den Wunsch auf, offiziell seine Frau zu werden, was war sie dann mehr als sein guter Kumpel? Aber eine Geliebte darf kein Kumpel sein, sie darf niemals verständnisvoll und genügsam sein, das sollte sie gefälligst den Ehefrauen überlassen. Jutta selbst hatte das einmal gesagt. Eigentlich wollte sie seine Geliebte bleiben und trotzdem mit ihm verheiratet sein. »Das Schlimmste ist«, meinte Jutta traurig, »dass man sich im Leben immer entscheiden muss.«

3

Buchhändler lieben die Frankfurter Messe. Auch wenn keiner so recht begründen kann, warum das so ist. Denn eigentlich jammern alle nur über die Bücherschwemme, über die hohen Preise und dass heutzutage keiner mehr lesen will. Aber jeder will hinfahren, trotz schlechter Luft, überfüllter Gänge und platt gelaufener Füße. Wir vom linken Buchhandel als angeblich Radikale hätten wirklich über all dem stehen sollen, aber auch wir Aufrechten fielen auf die Verlockungen des Literaturbetriebs herein. Der Buchhändlerberuf kann verdammt langweilig, einsam und anstrengend sein, deswegen sehnten wir uns einfach nach etwas Abwechslung. Wir, die emsigen Arbeitsbienen der Kultur, hatten manchmal ebenfalls genug von unseren Bücherregalen und stiller Lektüre und wollten etwas erleben. Das hieß: Leute und berühmte Autoren sehen.

Es war 1985. Ein ganzes Jahr, zwölf lange Monate, war ich jetzt seine Geliebte. Wenn ich nicht immer noch so sehr mit mir selbst und meinem Kummer beschäftigt gewesen wäre, vielleicht hätte ich mich, ohne nachträglich zu recherchieren, an die drei herausragenden Ereignisse dieses Bücherherbsts erinnern können. Da war einmal die Eröffnungsrede der Messe gewesen, die der Amerikaner Neil Postman hielt, in der er auch auf sein Buch *Wir amüsieren uns zu Tode* verwies. Der damalige Friedenspreis des Deutschen Buchhandels ging an den Bürgermeister von Jerusalem, Teddy Kollek; die Laudatio hielt der zu dieser Zeit amtierende Bundespräsident Richard von Weizsäcker. Dazu kam noch die Blamage von Fritz Raddatz, der Goethe allzu leichtfertig über den Frankfurter Bahnhof hatte klagen lassen. Ein Irrtum, der den mächtigen und umstrittenen *Zeit*-Feuilletonisten am Ende zum Rücktritt zwang. Aber nichts davon klingt wirklich in mir nach. Längst hatte Susanne keine Hoffnung mehr, die Proteste und Tumulte der Studentenrevolte, die mehrmals beinah die Buchmesse sprengten, könnten sich je wiederholen. Aber wenn sie schon nach Frankfurt fuhr, dann nicht ohne eine gewisse Vorfreude. Mit den Jahren war der obligatorische Besuch zu einer Art Erbauungsritual geworden, zu einem Jahreshöhepunkt.

Ein Blick auf den rostigen Transit, mit dem Susanne und ich losfahren wollten, hätte genügt, um zu begreifen, wohin die Reise ging: zurück in die alten Zeiten, zum Familientreffen der früheren Genossen.

»Ich glaube, der TÜV ist nur um sechs Wochen überzogen«, sagte Susanne mit einem besorgten Blick auf die abgefahrenen Reifen. »Doch die Straßen sind trocken, es müsste gehen. Du weißt, wenn es dunkel wird, musst du fahren. Ich bin nachts blind wie eine Fledermaus.«

Wir brauchten so einen großen Wagen, weil wir am Ende der Messe an den Ständen der Wissenschafts- und Esoterikverlage Ansichtsexemplare für das Antiquariat einkaufen wollten. Jedes Mal war es eine Knochenarbeit, die Kisten mit den Büchern auf Sackkarren abzutransportieren. Doch ich liebte den roten Transporter mit seinem großen Lenkrad, das sich so schwer kurbeln ließ wie bei einem Lastwagen.

Susanne setzte sich schließlich hinters Steuer, und ich machte es mir bequem, indem ich die Füße gegen das Armaturenbrett stemmte. »Frauenpower«, jubelte sie und rückte sich die tropfenförmige Porschebrille zurecht, ehe sie unbekümmert den Motor laut aufheulen ließ. Ich war bereit für unser Roadmovie, aber im Grunde war mir eher elend zumute. Ich hatte das Gefühl, mich auf dem speckigen Kunstleder des Beifahrersitzes in ein Nichts aufzulösen. Das hatte damit etwas zu tun, dass unsere Verabredung in Frankfurt diesmal wirklich der allerletzte Versuch mit meinem Geliebten sein sollte. Ich schwor mir das, während wir mit exakt neunzig Stundenkilometer bei monoton brummendem Motor auf der rechten Spur dahinzuckelten. Wegen der langen Strecke, die wir noch vor uns hatten, kam es mir vor, als würde ich aus diesem Korridor an aufgeschobener Zeit sowieso nie mehr auftauchen.

»Willst du es dir nicht lieber noch mal überlegen?«, meinte Susanne nach längerem Schweigen vorsichtig. »Was bringt es dir, wieder mit ihm anzufangen? In der Mühle ist auf jeden Fall für die ganze Zeit ein Schlafplatz für dich reserviert.« Soweit ich verstanden hatte, war die Mühle eine Art alternative Jugendherberge.

Bei der letzten Raststätte hatten wir Plätze getauscht, jetzt saß ich hinterm Steuer. Scheinwerfer tasteten über ihr Gesicht, erfassten es kurz, es leuchtete auf und versank gleich wieder im Dunkel, nur ihre Augen konnte ich undeutlich glänzen sehen.

Trauer war ein viel zu schwaches Wort für das Gefühl der Bedrängung, ja, Auslöschung, aus dem heraus ich nach längerem Hin und Her eingewilligt hatte, mich mit ihm anlässlich der Buchmesse in Frankfurt zu treffen. Ich sollte am Tag nach der Eröffnung abends zu ihm ins Hotel kommen, er hatte ein Doppelzimmer im Palmenhof bestellt. Dieses Hotel hielt ich für einen Ort seiner Triumphe und seiner Sünden, ich hatte den Verdacht, vielleicht nicht die erste Frau zu sein, mit der er sich dort traf.

Nachdem Jutta auf energisches Drängen von Rainer mit ihren ganzen tollen Klamotten – das ein oder andere Stück hatte sie mir zum Abschied verehrt –, ihren duftenden Seifen und Parfums bei mir wieder ausgezogen war, erschien meine Wohnung wie eine leere Theaterkulisse. Ein Gefühl von Verlassenheit hatte mich überkommen, das mit keinem Schmerz zu vergleichen war, den ich jemals vorher gekannt hatte.

Eines Morgens war ich ganz verändert aufgewacht. Es war, als hätte jemand in gemeiner Absicht einen Schalter in meinem Kopf umgelegt, und es war da. Ich hatte keinen rechten Namen dafür, es war *es*, und *es* war viel schlimmer als jeder Liebeskummer. Der Schmerz kam in Wellen. Ich spürte es körperlich, meine Haut brannte, dann krümmte ich mich zusammen und weinte. Dazu verspürte ich eine Sehnsucht nach seinen Händen, seiner Haut, seinem Geruch, seinen Augen, nach jeder Einzelheit, die nur uns beiden gehört hatte. Obwohl ich es mir verboten hatte – immer wieder hatte ich mir gesagt: »Denk nicht daran, denk einfach nicht daran, denk ja nicht daran« –, ging ich jede gemeinsame Episode in Gedanken wieder und wieder durch. Mein sonstiges Leben wurde dadurch undeutlich und verschwamm.

Wieder war es das Läuten des Telefons, das mich endlich erlöste. Wie oft noch?, dachte ich, als ich plötzlich seine vertraute Stimme hörte, ganz dicht an meinem Ohr, wie eine lang entbehrte Liebkosung, morgens um neun.

»Ich wollte nur mal hören, ob die alten Reflexe noch funktionieren.« Er lachte verlegen.

Und verdammt, ich hatte nicht die geringste Lust, mich dafür zu rechtfertigen, dass ich mich trotz allem wieder mit ihm traf, auch nicht vor meiner besten Freundin Susanne, deren Zuneigung zu mir sich durch meinen Kummer vielleicht sogar etwas gesteigert hatte, obwohl sie eine Zeit lang vielleicht ein wenig eifersüchtig auf Jutta gewesen war.

Als wir endlich in der City einrollten, wiederholte sie langsam ihre Bitte, damit ich sie auch ja wirklich verstand. »Überleg's dir noch mal.«

Aber ich hatte ihr kaum zugehört. Mich interessierte nichts anderes, als ihn so schnell wie möglich wiederzusehen. So irrte ich nun durch Frankfurt, immerhin hatte ich einen Stadtplan und den Zettel mit der Telefonnummer des Hotels eingesteckt. Es ging etwas Tröstliches von dem Papier in meiner Tasche aus. Ich musste ins Westend, eigentlich nur ein Katzensprung von der Messe, aber ich hatte prompt die Straßenbahn in die falsche Richtung genommen. Als ich nach drei oder vier Stationen meinen Irrtum bemerkte, stieg ich voller Panik aus. Das passierte mir häufig, dass ich die falsche Richtung wählte, ein Orientierungsdefekt; ich verwechselte ständig rechts und links. Vielleicht bin ich auch einfach nur ein umgedrehter Linkshänder. Meine Eltern behaupteten, nein, so wäre es nicht, aber trotzdem schien ich damals die Welt anders zu sehen als andere Menschen. Wahrscheinlich arbeiteten meine beiden Hirnhälften nur nicht korrekt zusammen.

An diesem Abend jedoch hatten sich alle dunklen Mächte gegen mich verschworen, um mich davon abzuhalten, rechtzeitig zu ihm zu gelangen. Das hatte ich nun davon, dass ich meinen alten Reflexen nachgegeben hatte: Auf einer mir gänzlich unbekannten Straße musste ich jetzt im Nasskalten eine Telefonzelle suchen, um im Hotel Bescheid zu geben, dass ich mich verspäten würde. Verbittert sah ich der Trambahn nach, die selbstgefällig kreischend in der Nacht verschwand. Wo war ich? Ich konnte kein Straßenschild erkennen. Wer hatte das Skript zu diesem Alptraum verfasst, der mich erst eine einsame Straße entlang in die falsche Richtung hetzte und danach sämtliche Telefonhäuschen abmontieren ließ?

In der Ferne glaubte ich eine Eisenbahntrasse zu erkennen. Ich ging jetzt schneller. Es konnten erst ein paar Minuten verstrichen sein, aber meine Tasche zog schwer an meinem Arm, und meine Füße waren lahm. Er würde mir niemals glauben, was jetzt wieder passiert war. Schon immer hatte er behauptet, mit irgendeiner Hexenmagie würde ich die Züge und andere Verkehrsmittel beeinflussen. Sie würden langsamer fahren, sobald ich in ihnen saß. Angeblich konnte ich seiner Meinung nach sogar Schneestürme und Starkregen heraufbeschwören, die mich am Kommen hinderten, und zudem hätte ich geheime Verbündete, die wichtige Dokumente verlegten. Ich betete, dass ich wenigstens genügend Kleingeld bei mir hatte, als ich schließlich in einer Seitenstraße ein gelbes Kunststoffhäuschen wie einen schwachen Hoffnungsschimmer entdeckte.

»Ich kann dich einfach nicht finden«, heulte ich – und stockte mitten im Satz wegen seines Symbolgehalts.

»Nimm einfach ein Taxi«, sagte er. So verloren war ich in dieser fremden Nacht, dass ich auf das Nächstliegende nicht gekommen war, einfach ein Taxi anzurufen.

Ich glaube an das Gesetz der Serie, denn die Anschauung beweist meiner Auffassung nach, was die Statistik leugnet: Ähnliche Ereignisse treten in geheimnisvollen Wolken auf. Als ich den Taxifahrer vor dem Palmenhof bezahlen wollte, bemerkte ich zu meinem Entsetzen, dass mein Portemonnaie verschwunden war. Mit etwas Überredungskunst konnte ich ihn erweichen, zu der Telefonzelle zurückzukehren, von wo aus ich meinen Geliebten angerufen hatte. Immerhin lag meine Geldbörse noch unberührt auf den Telefonbüchern.

Ich vermied es, der Empfangsdame hinter der Rezeption ins Gesicht zu sehen, als ich mit leiser Stimme nach seiner Zimmernummer fragte und sie darum bat, mich anzumelden. Ich konnte mir vorstellen, wie sonderbar ich in meinem grauen Trachtenjanker auf sie wirkte. Im hellen Licht der gepflegten Halle sah er genau aus wie das, was er auch war, eine etwas abgeschabte Antiquität. Meine kleine schwarze Reisetasche, deren Griff mit rotem Zwirn geflickt war, hatte ich auf dem Boden zwischen meinen Füßen abgestellt.

Als ich zum Fahrstuhl ging, hörte ich Gelächter. Ich war verlegen – und wollte es mir nicht eingestehen. Schließlich klopfte ich vorsichtig an seine Tür. Ich konnte es mir nicht vorstellen, dass es tatsächlich er sein würde, der mir öffnete. Eine Schrecksekunde lang glaubte ich auch, es wäre ein anderer Mann, der da vor mir stand und so gierig über meinen Mund herfiel, als wäre er am Verdursten. Wir umarmten uns lange.

»Wie schön du bist«, meinte er, mich ein wenig von sich weghaltend. Aber an der Art und Weise, wie er meinen Blick suchte, konnte ich sehen, dass er seine Vorstellung mit der Realität verglich. Er kam mir auch verändert vor. Sein Gesicht war kräftiger, und seine Lippen wirkten schmaler, sie waren zu einer einzigen Linie aus Entschlossenheit zusammengepresst.

Wir waren viel zu bewegt, um uns hinzusetzen, also blieben wir mitten im Zimmer stehen und informierten uns in knappen Sätzen darüber, was alles so geschehen war, seitdem wir uns nicht mehr gesehen hatten. Nach sechs Wochen des Wartens suchte ich in seinen Augen nach einem Beweis, dass sich das ganze Sehnen gelohnt hatte. Was uns betraf, musste etwas geschehen sein, mit dem er sich bereits abgefunden hatte. Er schien mir resigniert zu sein. Vielleicht war er jetzt sogar bereit, auf mich zu verzichten. Um mich seiner Nähe zu vergewissern, fasste ich hin und wieder nach seiner Hand. Aber ich merkte sehr wohl, wie ihn diese Geste bedrängte.

»Hast du Hunger?«

»Nein, ich habe schon was gegessen«, antwortete ich ausweichend, obwohl es nicht stimmte.

Er deutete auf seine Tasche mit einer seltsamen Ernsthaftigkeit. »Du weißt, für den Notfall habe ich immer einen Müsliriegel dabei.«

Er war eben ein sportlicher Typ, und in allen Lebenslagen setzte er auf die tröstliche Wirkung von konzentrierten Kohlehydraten, Vitaminen und Spurenelementen. Es rührte mich, wie beständig er sogar in solchen Momenten auf das Altbewährte zurückgriff.

»Selber Müsliriegel«, knurrte ich, »na, gib schon her.«

Ich weiß nicht mehr, ob ich in dieser Nacht überhaupt geschlafen habe. Während der langen Stunden, in denen die Klimaanlage unablässig kühle Luft ins Zimmer blies, ergab ich mich der Seligkeit, in seinen Armen zu liegen. Erst wütend und angespannt, schließlich aber gab ich meinen Widerstand irgendwann auf und ließ mich fallen. Wer tröstete eigentlich wen? Sooft ich aus einer Art Dämmer auftauchend kurz zu mir kam, waren seine Hände da, war er da. In dem Zwischenreich von Traum und Wirklichkeit trieb ich in einer zeitfreien Zone, wo das Gesetz von Ursache und Wirkung außer Kraft gesetzt war. Die Notleuchte über der Tür warf einen schwachen Schein, wie eine Positionslampe für unsere Reise durch die Nacht. Auch wenn ich irgendwann in die reale Welt zurückkehren musste, ich wusste, ich würde nicht mehr dieselbe sein.

Was auch geschehen würde, diese Nacht würde uns für immer gehören. Als ich morgens auf die Straße trat, regnete es.

Vorletztes Kapitel

1

Bei manchen Bekenntnissen fällt es sehr schwer, sie auszusprechen. Doch meine Geschichte wäre nicht vollständig, wenn ich diesen Teil verschweigen würde. Schon seit August hatte ich wie eine Versuchung einen Brief aus Afrika mit mir herumgetragen. Der Umschlag war mit vielen bunten Marken beklebt, was dem Schreiben etwas höchst Anmutiges gab. Aber ich hatte es trotzdem tagelang liegen lassen, ehe ich mit einem Ruck das Kuvert aufriss. Meine ungeduldige, schlampige Art Briefe zu öffnen hatte den Absender immer aufgeregt, doch darauf nahm ich auch diesmal keine Rücksicht. Ich wehrte mich gegen die Erinnerungen, an die Schmitt mit seinem Schreiben appellierte, obwohl er mit keinem Wort sagte, dass er mich vermisste. Ein Dreivierteljahr dauerte schon sein Praktikum als Agrarwissenschaftler beim Auswärtigen Amt. Schmitt schrieb von seinem schwierigen Alltag in Accra, der Hauptstadt von Ghana, und dass er im Herbst zurückkäme und dann mit mir verreisen wolle.

Mein Liebhaber und ich, wir waren daran gewöhnt, Geheimnisse voreinander zu haben, aber ich hätte Schmitts Brief trotzdem gleich wegschmeißen müssen. Was half, die mahnende Stimme in meinem Inneren zu beschwichtigen, war die Tatsache, dass er mit seiner Familie in Frankreich gewesen war. Ich machte mir vor, dass es deshalb mein gutes Recht sei, mir einen Ausweg offen zu halten. War es tatsächlich so? Sah ich in Schmitt eine Alternative? Vielleicht nur, um dem ganzen Elend endlich eine Ende zu setzen.

Mein Liebhaber und ich, wir hatten beide unser Bestes versucht – das Schlimmste, was man voneinander sagen konnte. Wir beide hatten etwas ganz anderes gewollt, aber irgendwann hatten wir damit aufgehört, daran zu glauben, dass wir noch etwas ändern könnten. Wann war das bloß gewesen? Es könnte auf der Buchmesse passiert sein. Denn näher als in jener Nacht konnten sich zwei Menschen nicht kommen. Seitdem ging es nur noch darum, irgendwie durchzuhalten, ohne allzu viele Schmerzen zu erleiden.

War ich denn wirklich ein schlechter Mensch, so wie mein Geliebter es mir ins Gesicht schrie, bloß weil ich nach allem, was geschehen war, mein Heil in der Flucht suchte. Was ließ mich zurückschrecken, und zwar in dem Moment, wo er mir eröffnete, er werde seine Frau verlassen und wolle zu mir ziehen. Ich habe mich das später oft gefragt. Aber wie für so vieles andere in meinem Leben fand ich auch dafür keine schlüssige Erklärung. Vielleicht wollte ich ihm bloß zeigen, dass alles keinen Zweck hatte. Dass ich recht hatte mit meinem Nihilismus. Heute ertappe ich mich bei dem Gedanken, dass ich durch meine Leidenschaften vielleicht einen bösen Dämon aus seiner Ruhe aufgestört hatte, der mich aus Rache dazu verführte, den wahrscheinlich folgenschwersten Fehler meines Lebens zu begehen.

Ich wollte also mit einem mir schon längst entfremdeten Mann zu einer überstürzten Ferienreise in den Südosten

Europas aufbrechen, um endlich Klarheit zu schaffen. Meinen Geliebten zu verletzen erschien mir leichter, als mit ihm zusammen zu sein.

Was ich zu meiner Verteidigung anführen kann: Ich hatte es niemals so geplant. Es geschah einfach.

Es war durchaus aufrichtig von mir gewesen, dass ich in den vergangenen Monaten, sobald die Rede auf Schmitt und auf früher kam, jede seiner misstrauischen Unterstellungen leugnete. »Du lässt mir keine Luft zum Atmen«, sagte ich, um mich zu wehren. Im tiefsten Brustton der Überzeugung stritt ich alles ab. »Du bist eifersüchtig auf ein Phantom.« Ich lachte ihn aus. Wie schlecht ich mich selbst kannte.

Solange es noch Sommer war, konnten mein Geliebter und ich uns vormachen, wir wären frei. Sehr bald war uns das Lager in der Buchhandlung zu eng geworden, aber wir hatten ja die ganze Natur. Wir hatten die Kühle der Wälder und den Geruch der Wiesen. Wir brauchten wenig, um uns zu lieben. So sehr erfüllte uns das Verlangen, dass es abwegig schien, es könnte noch jenseits davon etwas anderes existieren. Was hätte alles sein können, wenn wir unserer Leidenschaft getraut hatten …

Vielleicht enthält mir mein Gedächtnis bestimmte Einzelheiten der nachfolgenden Szenen aus Selbstschutz vor. Die Erinnerung, das bemerke ich beim Nachdenken über unsere Geschichte immer wieder, ist unzuverlässig. Je nach Stimmung liefert sie mir die eine oder andere Version ein und derselben Erzählung. Ein leuchtend blauer Himmel und Herbstlaub unter unseren Füßen – verschiedene Details scheinen darauf hinzuweisen, dass wir eine im Oktober nicht unübliche Hochdrucklage zum Anlass genommen hatten, uns für einen Ausflug zu verabreden. Einfach aus Gründen der Wahrscheinlichkeit nehme ich an, dass wir uns auf dem alten Friedhof getroffen hatten, um danach unseren Weg an der Isar fortzusetzen. Dem Sonnenstand nach müsste es ein oder zwei Wochen nach der Buchmesse gewesen sein. Scharfe Schatten grenzten den Herbst exakt vom Winter ab, im Gegenlicht leuchteten alle Gegenstände von einer flammenden Aureole eingerahmt auf. Es war fast noch ein Sommertag, die Witterung schenkte uns diese Singularität, die uns mit ihrer unverhofften Wärme bald zwingen sollte, unsere Jacken über den Arm zu hängen. Praktisch gesehen mag das der Vorwand dafür gewesen sein, dass wir uns diesmal nicht an den Händen hielten. Es gab genug Gründe, die uns befangen machten. Ich fühlte, wie mir das Herz bis zum Hals hoch klopfte, während ich auf eine günstige Gelegenheit wartete, um ihm etwas mitzuteilen.

Je länger ich allerdings zögerte, die Sprache auf meine Absichten zu bringen, desto unmöglicher erschien es mir, überhaupt davon anzufangen. Mit den allerbesten Vorsätzen war ich von zu Hause aufgebrochen, und jetzt trocknete mir meine entsetzliche Feigheit den Rachen aus und hielt mich vom Reden ab. Ich war der Hamster im Rad, der versuchte vorwärtszukommen und sich stattdessen von einer Katastrophe zur nächsten hangelte. Wie hätte ich davon ausgehen sollen, dass dieser Altweibersommertag das Ende für uns sein sollte. Ich war ja noch bei ihm, fühlte seine lebendige, leicht schwitzende Gegenwart neben mir, war erfüllt von dem Leben, das er in mir erweckte.

Außerdem, so beruhigte ich mich, musste ja wohl etwas Besonderes vorliegen, wenn er trotz der herrlichen Sonne freiwillig auf eine Radtour verzichtet hatte. Aber die Tatsache, dass wir uns, statt auf den Rädern dahinzugleiten, ungewohnt schwerfällig zu Fuß fortbewegten, schien sich auch ungünstig auf unser Gespräch auszuwirken, das sich dem schleppenden Rhythmus unseres Spaziergangs anpasste.

Sicher, Liebe ernährt sich von der Repetition, den endlosen Variationen des immer gleichen Themas. Aber in unserem Verhältnis näherten wir uns gefährlich einem Stadium, in dem sich die Wiederholungen von Streit und Versöhnung ausbreiteten wie ein gefährlicher Schmarotzer, der alle vitalen Prozesse abtötete. Wie sollte man auch so weitreichende Entscheidungen wie die, die uns bevorstanden, in einer Landschaft treffen, in der das Echo eines Sommers nachklang, dessen großartige Hoffnungen sich immer mehr als eine Illusion herausgestellt hatten. So vertraut in jeder seiner Biegungen mir der Weg auch war, er führte mich nicht weiter. Wir hatten ganz fest auf die verlässliche Wirkung von Natur gebaut, sodass wir jetzt enttäuscht darüber waren, dass uns das Isartal diesmal im Stich ließ. Kein tröstlicher Widerhall auf unsere Befürchtungen wollte sich einstellen.

Immerhin, so stark waren wir schon aneinander gebunden, dachten und erlebten im gleichen Rhythmus, dass wir auch in unseren Paralleluniversen zum selben Schluss gelangt waren: Es war Zeit für eine Veränderung.

Die Frage war nur, wie ich vorgehen sollte. Sollte ich einfach so tun, als hätte ich nun akzeptiert, dass wir einfach nicht zusammenpassten, und sollte ich behaupten, dass ich deshalb in mein altes Leben zurückkehren werde? Oder sollte ich die Wahrheit sagen und ihn damit konfrontieren, dass mein früherer Freund wieder aufgetaucht war und ich das Gefühl hätte, bei ihm Schutz vor meinen Ängsten finden zu können. In mir hatte ich bereits ein ganzes Bollwerk aus Rechtfertigungen aufgebaut, um mich vor allen denkbaren Vorwürfen zu schützen. Alles hatte ich schon x-mal hin und her gewälzt und bedacht.

Heute erschrecke ich vor meiner eigenen Spitzfindigkeit: Warum hatte ich das nötig gehabt, dieses ganze Herumlavieren? Warum hatte ich nicht einfach gesagt: »Ich halte es so nicht mehr aus.« Stattdessen strategische Überlegungen. Kernstück dieser war mein Argument, dass er sich nicht von seiner Frau getrennt hatte. Daraus glaubte ich, das Recht ableiten zu können, andere Wege gehen zu dürfen. Was ich aber sogar vor mir selbst verschwieg, war der Einwand, dass ich ja nie verlangt hatte, er solle sich endgültig trennen. Dennoch, mein schlechtes Gewissen hielt sich in Grenzen, als ich mich mit Schmitt im Stadtcafé, gleichsam auf neutralem Terrain, verabredete.

Wäre ich ehrlich mit mir selbst gewesen, dann hätte ich eingesehen, dass die Rücksicht meines Geliebten auf seine Familie im Grunde ein willkommener Vorwand für das war, was ich da im Verborgenen betrieb. Hinter dem Rücken einer Ehefrau ließen sich jede Menge Schuldgefühle verstecken. In mir manifestierte sich ein unerschöpflicher Vorrat an Ausreden, von denen jede einzelne eine noch bessere Rechtfertigung abgab, warum gegen ein solches Wiedersehen mit Schmitt nichts einzuwenden war. Ich klammerte mich an den Gedanken, dass eine Flucht mit meinem Exfreund der einzige Ausweg aus der Zwecklosigkeit meiner Liebesaffäre wäre.

Mein Geliebter und ich hatten nach einigem Suchen ein stilles Plätzchen am Ufer gefunden, gelegen zwischen Latschenkiefern und hohen Grasbüscheln. Von seiner Hand in meinem Hosenbund ging eine Wärme aus, die eine vage Bereitschaft in mir auslöste, alle bereits getroffenen Entscheidungen noch einmal zu überdenken. Ich hielt die Augen geschlossen, die Sonne schien durch meine Lider und deckte einen roten Samtvorhang über mein Bewusstsein, als mich ein Satz hochfahren ließ.

»Ich möchte bei dir einziehen«, sagte er beiläufig, aber zugleich mit einer Festigkeit, als hätte er alles durchdacht und auch schon den Möbelwagen bestellt. Verwirrt blinzelte ich in die gleißende Helligkeit. »Ich meine«, fuhr er fort, »deine alte WG ist doch sowieso am Ende. Die beiden Weiber könnten genauso gut ausziehen. Die meiste Zeit hängen die eh bei ihren Freunden herum. Und du darfst putzen und dich um alles kümmern.«

Er spielte auf seine seltenen Abstecher in meine Wohnung an. Liebe am Nachmittag, unsere schönsten Stunden, hatten ihm einen gewissen Einblick gegeben. Er wusste mehr über mein Leben als ich über seins. Der, wie ich fand, unberechtigte Vorwurf, was meine Wohngenossinnen betraf, gab mir die Gelegenheit, die Handlung auf einen Nebenschauplatz zu verlagern, um mir inzwischen eine vernünftige Antwort auszudenken.

»Das stimmt einfach nicht«, protestierte ich.

Er hatte diesen Einwand bereits vorausgesehen und sich eine Antwort parat gelegt. »Warum klammerst du dich an die Vergangenheit?«, fragte er ungewohnt sanftmütig. »Du willst nur deine Jugend nicht aufgeben.«

Ich versuchte es mit Ausreden. »Wie ernst ist es dir überhaupt mit mir?« Er hatte ein schmerzliches Lächeln auf seinem Gesicht. O Gott, er wollte tatsächlich Nägel mit Köpfen machen. »Meine Wohnung ist zu klein für dich«, sagte ich dann. Er schüttelte den Kopf. »Ich habe keine Zeit, dir den Haushalt zu führen.«

Er griff nach meinen Händen und sagte: »Ich kann Brote essen und Tütensuppen.«

Ich änderte meine Taktik und wurde nun moralisch: »Du kannst nicht einfach bei deiner Familie ausziehen und ohne jeden Übergang bei mir einziehen.«

»Aber du wolltest es doch auch, dass ich nicht mehr bei meiner Frau lebe. Jedenfalls hast du es erst neulich behauptet.« Er war unrasiert und ließ die Mundwinkel traurig hängen, ich mochte nicht, dass er meinetwegen so unglücklich aussah.

»Das sagte ich«, bemerkte ich störrisch. »Aber damit hatte ich gemeint, dass du erst auf eigenen Füßen stehen musst.«

In mir tobte ein Aufruhr, seit Stunden kämpfte ich mit meinen lächerlichen Ängsten. Ich konnte mich einfach nicht dazu durchringen, ihm von meinen Reiseplänen mit Schmitt zu erzählen. Und jetzt kam er auch noch an und wollte mich aus meinem Unterstand hervorlocken, damit ich Position bezog. Gar nicht dumm, der Junge, aber ich konnte ebenso listig sein.

»Hast du schon mit deiner Frau gesprochen?«, fuhr ich fort.

Ich konnte sehen, wie es in ihm arbeitete, als er zugeben musste: »Ja, natürlich, sonst würde ich dir jetzt nicht den Vorschlag machen.«

Er war mir in die Falle getappt. Jetzt war es mir möglich, den Spieß umzudrehen und ihn gleichsam eines Doppelspiels zu bezichtigen. Man konnte es auch paradoxe Intervention nennen.

»Ich halte das einfach nicht aus«, warf ich ihm vor, »dass du immer alles bestimmen willst, und ich soll mich danach richten. Du hättest zuerst mit mir reden müssen.« Er nickte reumütig, was mich nicht daran hinderte, noch eins obendraufzusetzen: »Und wenn es dir am Ende nicht mehr bei mir passt, was ist dann? Dann ziehst du wieder aus.«

Ich musste in diesem Moment an Jutta und Rainer denken. Ihr Geliebter hatte die meisten seiner großartigen, bei mir am Küchentisch gefassten Vorsätze bereits wieder fallen gelassen. Das hatte Jutta mir jedenfalls am Telefon gestanden. Sie hätte mich jetzt auch bestimmt darin unterstützt, mich gegen das Ansinnen meines Liebhabers zu wehren. Denn Jutta wusste am besten, was der Preis für das Opfer war, das ein Ehemann seiner Geliebten brachte: Dafür, dass sie seine Familie von ihrem Platz verdrängt hat, muss sie zahlen – und zwar mit dem Einsatz ihrer ganzen Person. Auch wenn er längst geschieden ist: Sie muss sich immer an der Exfrau messen lassen. Sollte man sich als junge Frau diese unsichere Perspektive wirklich zumuten?

Susanne war dagegen praktisch veranlagt. »Du hättest darauf eingehen sollen«, sagte sie vorwurfsvoll und zog ihre perfekt gezupften Augenbrauen hoch, als ich ihr im Nachhinein die Neuigkeiten berichtete. »Du willst doch mit ihm zusammen sein, oder?« Aber das war es ja gerade, ich wusste es nicht mehr genau. Als es darauf ankam, machte ich einen Rückzieher. Und niemand hätte deswegen über sich selbst verzweifelter sein können, als ich es war. Vielleicht fehlte es mir an Mut, aber ich fand, dass ich mich trotzdem dagegen wehren durfte, wenn er die gesamte Verantwortung für seine Fahnenflucht von seiner Familie auf mich abwälzen wollte.

Deshalb irrte sich Susanne auch, als sie mich vorwurfsvoll fragte: »Warum schaffst du keine klaren Verhältnisse?«

Es war keine Frage des Willens. »Ich habe zu viel Angst«, antwortete ich ihr nun wahrheitsgemäß und wiederholte damit den nur aus fünf Worten bestehenden Satz, mit dem ich auch schon an jenem Oktobernachmittag versucht hatte, meinen Geliebten zu vertreiben, als wäre er ein Gespenst.

»Angst? Wieso Angst?« Sie schüttelte nur den Kopf.

»Du musst dich endlich entscheiden« – das verlangten all die Moralapostel, die nicht mitreden konnten, weil ihr Leben keine Geheimnisse kannte, keine Abgründe und keine Zweifel. Ich wollte mich aber nicht entscheiden. Es war mir egal, was die anderen dachten. Ob sie mich nun kindisch oder egoistisch fanden, ich wollte an unserer Situation nichts ändern. Auch wenn es mir jeder sofort unterstellte: Ich hatte nie wirklich die Absicht gehabt, jemals seine feste Freundin oder seine neue Ehefrau zu werden. Und nicht einmal Jutta konnte mir da ganz folgen, obwohl sie mich immer noch am ehesten verstand. Einer Geliebten wird gewöhnlich keine andere Alternative zugestanden, als entweder zu hoffen oder zu gehen. Ich stiftete Unfrieden, wo immer ich auch hinkam. Als Geliebte war ich eine untragbare Person.

Warum konnte sich kaum jemand vorstellen, dass eine Frau von einem Mann nicht mehr will, als seine heimliche Gespielin zu bleiben? Warum erschien es so absurd, dass einem ein derart vorläufiges Verhältnis mehr geben kann als jede offizielle Beziehung? Wieder und wieder habe ich darüber nachgegrübelt: Muss es für alles eine Lösung geben?

Warum ist es eigentlich beängstigend, sich nicht entscheiden zu wollen und es auch nicht von seinem Liebhaber zu verlangen? Mein größtes Problem war, dass ich meine Freiheit nicht aufgeben wollte oder es nicht konnte – man konnte es so oder so sehen. Als ein Ausweichen nicht mehr möglich war, schien Flucht der einzige Ausweg zu sein. So weit hatte ich mich schon verrannt, dass ich es einfacher fand, alles zu zerstören, als unter diesen Umständen mit ihm zusammen zu sein. Dafür fügte ich ihm und mir solche Schmerzen zu: einzig und allein der Liebe wegen.

Oft genug hatte ich ihn um das Vorhandensein seiner Familie beneidet, mit all den irdischen Pflichten und Fakten wie Sonntagsausflüge, Elternabende, Familienurlaube, Kinderkrankheiten, gemeinsame Konten, Lebensversicherungen. Es ist dies das feine Geflecht, mit dem eine eheliche Gemeinschaft Nährstoffe aus dem Boden der Legalität zieht, um zu wachsen und zu gedeihen. Die ganze Fülle an Alltagsleben für jemanden wie mich aufzugeben, der nichts hatte außer einer ziemlich unsicheren Existenz, stellte mich und mein Verhalten ihm gegenüber gewissermaßen unter einen Dauerstress. Eine Geliebte ist rechtlos, am allermeisten in den Augen ihres eigenen Liebhabers, der sich selbst Dinge zugesteht, die er umgekehrt niemals dulden würde. Das alles sollte man bedenken, ehe man sie vorschnell verurteilt.

An jenem Oktobernachmittag aber, als das meiste ausgesprochen war und wir gerade glaubten, den absoluten Tiefstand zwischen uns erreicht zu haben, schlug der Pendelschlag der Liebe wieder um und verwandelte unsere Schuldgefühle in Erregung. Wir brauchten uns nur anzusehen – und wir wussten beide, was wir jetzt am liebsten wollten. Und es muss sogar so gewesen sein, dass wir damit zugleich die Hoffnung verbanden, eins zu werden und uns auf diese Weise zu retten. Wir redeten kaum ein Wort auf dem Weg in meine Wohnung. Mir aber brannte mein unausgesprochenes Bekenntnis wie Feuer auf der Zunge.

Wir wollten unsere Begierde für Harmonie halten, aber es war eher Wut, mit der wir auf meinem Bett unsere Liebe in einem ultimativen Akt verewigten, zwei Menschen im Halbdunkel eines Zimmers.

Auch ohne es aufzuschreiben, hätte ich niemals vergessen, wie zärtlich er war. Ich wollte aber ganz sichergehen, und so lese ich in meinem Tagebuch über unser allerletztes Mal: »Wie alles, was versandet war, aufs Neue sprudelte. Alles, was die Schuld verboten hatte. Bist du mir nah, wenn ich vor dir stehe und deine Hände spüre? Das Verlangen, wie frei ich bin mit dir! Vergessen, vergessen, glühen, vergessen, riechen, schmecken, dich auf mir fühlen, in mir, an mir, kämpfen, noch, noch, immer höher bis an den einen Punkt, den Kopf hin und her werfen. Jetzt! Jetzt! Warum ist das so mit dir?«

Hinterher, als der Rausch verflogen war und jeder wieder allein in seinem eigenen, plötzlich unvollkommenen Körper war, glaubte ich eine Eingebung zu haben und den tieferen Grund für unsere ständigen Auseinandersetzungen zu wissen: Wir wollten die Leidenschaft erleben, mit der wir einander überwältigten.

Die Nähe, die wir eben noch zugelassen hatten, machte uns jetzt hilflos. Reglos nebeneinander liegend drifteten wir bereits in verschiedene Richtungen, spürten, wie sich der Abstand zwischen uns lautlos vergrößerte. Alles war im

Fluss, alles veränderte sich, und die Traurigkeit, diesen Prozess nicht aufhalten zu können, trieb uns die Tränen in die Augen.

Ahnte er meine Pläne? Ich wusste es nicht. In meiner Erinnerung setzte an diesem Punkt Musik ein. Ohne diese Untermalung hätten wir wahrscheinlich einander unerträglich gefunden. Wahrscheinlich war es Patti Smith oder Altrocker Bruce Springsteen mit seiner Schmähhymne »Born In The USA«. Heute ist mir diese Art Musik fremd geworden, und auch damals mochte ich sie nicht wirklich, aber es war eben der Soundtrack unseres gemeinsamen Trips.

Er streichelte mein Gesicht, als wollte er mich neu modellieren. Ich konnte es einfach nicht über mich bringen. Nein, nicht jetzt, dachte ich, nicht gleich danach, nicht, solange wir eine Decke teilen. Ich schwieg. Er konnte es nachher nur als den größten Betrug empfinden, als Bestätigung seiner schlimmsten Befürchtungen: Ich glühte nackt in seinen Armen, obwohl ich im Geheimen längst beschlossen hatte, mit einem anderen von ihm wegzugehen.

Warum wollte ich nicht glauben, dass es noch Tausende solcher berückenden Nachmittage geben würde? »Kann man dich überhaupt halten?« Schon ziemlich bald hatte er mich das einmal gefragt, und ich hatte selbst das Gefühl gehabt, dass ich es sein würde, die irgendwann geht. Etwas in mir sträubte sich dagegen, ihm zu geben, was er unbedingt von mir wollte. Ich nahm es auf mich, die Böse zu sein. Das zu ertragen war einfacher für mich, als gut sein zu müssen. Es war ziemlich schwach von mir.

Heute weiß ich: Es bringt nichts, sich nur zu verweigern. Aber hat er nicht auch die Rebellin in mir geliebt, die wilde, junge Frau, der er zum Spaß beide Hände festhielt, damit sie ihm ihre Stärke zeigte und sich aus seinem Griff befreite. Zu bitter war die Lehre, wie sich das Beste, was wir einander zu geben hatten, unsere Leidenschaft, zu einer Verbindlichkeit summierte, die ich ihm schuldig sei, wie er mir vorwarf. War es nicht unser Bund gewesen, dass alles, was wir einander taten, freiwillig und aus Zuneigung geschehen sollte? Nichts davon war für immer gewesen.

Ich konnte es nicht einmal mehr Aufschieben nennen, dass ich meinem Geliebten immer noch nichts von der Reise erzählt hatte. Es gab Telefonate mit Schmitt, es ging hin und her, und erst als wir ganz sicher waren, dass wir wirklich fahren würden, traf ich mich mit meinem Liebhaber ganz in der Nähe von seinem Büro in der Mittagspause. Bloß nichts Verfängliches, kein Ort mit Erinnerungen, sondern eine Fußgängerzone in der City. Ich wand mich vor Verlegenheit, es war schwer, ihn anzuschauen. Ich hätte lieber telefoniert.

»Für nichts.« Er schleuderte diese beiden Worte gegen mich, als wären es Steine, ehe er sich auf dem Absatz umdrehte und rasch davonging, mit langen geraden Schritten. Ich machte nicht einmal den Versuch, ihn aufzuhalten. Ich sah seinem Rücken an, welche vernichtende Niederlage ich ihm gerade zugefügt hatte, und statt wenigstens Mitleid zu haben, empfand ich nichts als Ungeduld. Mit einer mir unerklärlichen Befriedigung sah ich mir selbst bei meinem Zerstörungswerk zu, unerreichbar für jede weiche Regung.

Ich musste geliebt haben, aber in diesem Moment schien es mir sehr lange her zu sein.

Ich könnte jetzt ewig fortfahren, diese Abschiedsszene

weiter und weiter auszuschmücken, weil ich mich ein wenig davor fürchte zu erzählen, was anschließend geschah. Denn schon als ich wieder bei mir zu Hause angekommen war, wusste ich nicht mehr, warum ich es eigentlich getan hatte. Wir alle müssen mit vielen Absurditäten auskommen, und wer gibt schon gerne zu, dass er seine Lebenszeit verschwendet.

Ich tat es zum Beispiel auf einer Reise mit Schmitt. Als wir überlegten, wo es hingehen sollte, hatte er Budapest vorgeschlagen, eine damals für uns exotische Stadt. Es hätte auch Paris sein können oder Oldenburg, lachte er, »da wollte ich schon immer mal hin. Budapest im Herbst. Budapest im Regen. Die riesigen Portionen Schweinefleisch, die man dort serviert bekam, reichten aus, um meinen Selbsthass ins Unendliche zu steigern, ebenso wie die dreckige Pension, in der wir logierten. Unterwegs suchte ich nach Mitteln und Wegen, nicht dauernd an meinen Geliebten und unsere Liebe zu denken, aber der Ausstieg aus meiner Beziehung mithilfe von Schmitt funktionierte nicht. Ob ich spazieren ging, mich schminkte oder das Volkskundemuseum besichtigte, ich grübelte zwanghaft über den verflossenen Sommer nach. In meinen Tagträumen kam ich immer wieder zu dem Punkt, wo wir uns wiedersahen, ich wusste nur noch nicht, ob die Szene im Friedhof oder wegen des Wetters lieber bei mir zu Hause handeln sollte.

Schmitt tat sein Bestes, um die Sinnlosigkeit unserer Reise ein wenig zu mildern, das musste ich ihm hoch anrechnen. Er war wie ich an Unternehmungen gewöhnt, von deren Ziel er keine klare Vorstellung hatte, und deshalb lehnte er sich auch nicht dagegen auf, wozu ich ihn benutzen wollte. Selbst wenn er die vage Hoffnung gehegt hatte, wir könnten vielleicht wieder zusammenkommen, er hätte niemals darum gekämpft. Schmitt konnte sich arrangieren, seine Überlebenskünste waren viel zu ausgeprägt, um nur den Versuch zu machen, das Gegebene zu verändern. Er würde sich nicht ändern, an seinem Fatalismus war schon einmal unsere gemeinsame Geschichte zerbrochen.

Bei meiner Rückkehr nach der sinnlos ohne meinen Geliebten verbrachten Zeit, fand ich folgenden Zettel auf dem Küchentisch vor, er war von meiner hennaroten Wohngenossin.

»Melde dich endlich bei deinem Liebsten. Er hat jeden Tag hier angerufen. Ich habe längst aufgehört zu zählen wie oft.«

Und so ließ ich es zu, dass falsche Hoffnung meinen aufrichtigen Schmerz verwässerte und wir uns wieder begegneten.

Geschichte des Vergessens

1

Wir waren schon so viele Male auseinandergegangen. In jenen letzten Wochen trennten wir uns nach jedem unserer seltener werdenden Treffen auf immer und ewig. Dann, wenn mein Geliebter in der schwankenden Dunkelheit des Herbstes mein nebelfeuchtes Gesicht küsste und, kaum hatte er sich einige Schritte entfernt, noch einmal zu einem neuen Abschied umkehrte. Ich hielt meine Augen geschlossen. Ich wollte sein Gesicht nicht sehen, das direkt vor mir schwebend groß und verschlossen wirkte. Noch lange auf dem Heimweg spürte ich den Geschmack seiner kühlen Lippen. Dieser Weg kam mir so holperig vor, als ginge ich über spitze Steine. Der Herbstabend schien den Tag mit einem grauen Tuch aus Vergeblichkeit zuzudecken.

Wann hatte ich endgültig die Macht über ihn verloren? Es ist schwer, einen genauen Zeitpunkt dafür auszumachen. Es muss geschehen sein, kurz nachdem ich aus Budapest zurückgekehrt war.

Er wäre beinahe umgekommen vor lauter Sehnsucht nach mir, sagte er, als er mich wieder in seinen Armen hielt. Danach tat er so, als wäre das mit Schmitt nie gewesen. Aber er vergaß es natürlich nicht, keine Sekunde.

Es gab kleine Zeichen, Hinweise, die ich zunächst kaum

bemerkte. Die zerstreuten Küsse, die häufiger ausbleibende Frage, was ich denn am Abend vorher gemacht hätte. Während der Geburtstagsparty, die seine Frau für ihn ausrichtete, blieb das Telefon den ganzen Abend stumm. Früher hätte er sich von dem Fest weggeschlichen und mich angerufen, dachte ich bitter, als ich auf meinem Bett lag und mich dabei ertappte, wie ich ständig nach dem Klingeln lauschte. Doch der Apparat blieb reglos, so als hätte jemand die Leitung gekappt.

Wir hatten uns jede Treulosigkeit verziehen und waren immer wieder zusammengekommen. Ich hatte ihn belogen, er hatte mich getäuscht. Wir hatten uns Versprechungen gegeben – und sie ebenso leichtfertig wieder gebrochen. In dem unverbrüchlichen Glauben an die Einmaligkeit unserer Liebe hatten wir uns zu viel zugemutet. Später nahm ich an, dass der Sommer allzu schnell vorbeigegangen war und wir dem Druck des nahenden Winters nicht standgehalten haben. Das hatte einen Sprung verursacht, der sich unmerklich vergrößerte. Dennoch konnten wir es auch diesmal nicht fassen, dass es vorbei sein sollte. Es ist zu Ende – wenn man damit droht, denkt man immer nur bis zu diesem einen Punkt, nicht aber daran, dass man danach alleine weiterleben muss.

Zuletzt aber war es die Zeit, die über uns siegte. Nicht unsere Liebe war weniger geworden, sondern wir achteten nicht darauf, dass wir uns selbst gewandelt hatten. Unsere Empfindungen waren hinter uns zurückgeblieben, während wir auf der Bahn des Lebens weiterschritten. Vielleicht sah mein Geliebter, weil er älter war als ich, die ungeheuren Chancen, die wir möglicherweise miteinander gehabt hätten, so wie sie nur ganz wenigen Paaren, glücklicheren Paaren, gegeben waren. Mit Sicherheit bedauerte er, dass wir nichts daraus machen konnten. Damals war ich mit jeder Faser meines jungen Herzens bereit, die Schuld für unser Scheitern auf mich zu nehmen. Heute denke ich allerdings, dass es unser größtes Vergehen war, andere Menschen den Preis für unsere Leidenschaft zahlen zu lassen und dennoch nicht zueinanderzufinden. Und mit diesen Menschen sind nicht nur seine Ehefrau und seine Kinder gemeint, sondern auch Freunde und sogar Schmitt.

Aber auf jeden Fall wollte ich nicht die sein, die verlassen wird. Nicht die sein, die zurückbleibt. Ich glaubte tatsächlich, ich könnte mich vor dem Trennungsschmerz retten, wenn ich diejenige war, die zuerst ging.

So oft in der Vergangenheit hatten wir darüber gesprochen, wie es sein würde, das Weggehen, wenn es kein Warten mehr gab, kein Zuspätkommen, keine Au, keine Isar, kein Glück, wenn alles vorbei wäre. Wahrscheinlich waren wir beide aus diesem Grund erschrocken über die Banalität, mit der uns jetzt der letzte Akt überraschte. Das Recht aller Liebenden, ihre Geschichte als einmalig zu betrachten, hatten wir endgültig verwirkt.

Wer will schon dem langsamen Tod seiner Leidenschaft zusehen. Ich konnte das nicht. Einen Sprachkurs auf einer Ausländeruniversität hatte ich mir vorgenommen, mindestens ein Vierteljahr wollte ich in Italien bleiben. In ein paar Stunden sollte ich abfahren. Es kam mir unwahrscheinlich vor, wie ich da neben ihm über den Friedhof ging, seine Hand noch in meiner Hand. Sie schien bereits einem anderen zu gehören, ich war schon zu weit weg. Der Kies knirschte unter unseren Schritten, er wollte mir alles noch einmal zeigen. Ich sollte das alte Kindergrab anschauen, den runden Brunnen, den großen Erzengel mit seinem vom Wetter geschwärzten, wie vom Höllenfeuer versengten Gesicht, die Ruhestätten der Grafen und Fürsten. Ich jedoch war herzlos, wollte nichts davon wissen, hatte genug Traurigkeit in mir, da musste sie nicht noch durch so etwas vergrößert werden.

»Bleib«, sagte er, »bleib bei mir.« Er wusste, ich meinte es ernst mit meinem Plan.

Und dann der Moment der unbegreiflichen Trennung, dem wir verzweifelt eine Bedeutung zu geben versuchten, irgendeinen Sinn, den wir in unser Gedächtnis brennen konnten. Aber da waren nur zwei Menschen, von denen jeder alleine weitergehen würde. Zwei wirkliche Menschen. Er in einem Trenchcoat und mit Wollmütze auf dem Kopf, einen weinroten Kaschmirschal um den Hals geschlungen, und ich in einem neuen Wildledermantel.

»Was ist das für eine Idee, im November nach Italien zu gehen? Weißt du denn nicht, wie kalt die Winter im Süden sind?« Besorgt zog er mir den Kragen zurecht und knöpfte ihn fest zu, als könne er mich damit vor dem, was mich da unten erwartete, schützen.

Pflaumenblauer November, dachte ich, die stillste Zeit im Jahr, wenn die großen Dinge des Sommers abgeschlossen sind und der Herbst nach und nach rückgängig macht, was nur begonnen worden war. Der Friedhof schien größer geworden zu sein, und das Grau nackter Zweige arbeitete sich hervor, während die letzten Ahornblätter gleichsam leuchtende Fackeln waren, die man eben angezündet hatte. Der ganze Sommer war in ihrem Gold eingeschlossen, unser Sommer. Von seiner ungeheuren Fülle war uns jetzt nicht mehr übrig geblieben als genau die Zeit, die es braucht, bis ein Blatt zu Boden schwebt.

Ich hätte ihm, als wir uns verabschiedet hatten, nachrennen, die Fahrkarte verfallen lassen, bei ihm bleiben sollen. Ich tat nichts davon. Dann, zu Hause, mein kahles Zimmer war mir schon entfremdet, und ich traf die letzten Vorbereitungen, da kam sein verzweifelter Anruf. Er wollte mir bloß sagen, er hätte sich eine Fahrkarte bis Innsbruck gekauft, um mich ein Stück in mein neues Leben zu begleiten. In einer mir selbst unverständlichen Härte lehnte ich seine Begleitung ab. Sogar an den Übergang in die Erste Klasse für mich hätte er gedacht. Er bat, er schmeichelte. Es würde werden wie früher, behauptete er, so wie damals, als ich ihn häufiger auf seinen Reisen begleitet hätte. Mein Geliebter war traurig und weinte, und ich, steif vor würgender Reue und Verlegenheit, versuchte zu trösten. Aber ich ließ sein Vorhaben trotz seines Kummers nicht zu. Ich hätte es einfach nicht ertragen, dass er den Spieß umdrehte und ausstieg und ging, während ich im Abteil zurückblieb.

»Ich leg jetzt auf«, sagte ich schließlich.

Schon immer habe ich Bahnhöfe geliebt, weil sie wie Inseln weit außerhalb des Alltags liegen. Sie verbinden uns direkt mit einer Zukunft, in der wir an einem fremden Ort ankommen. Die bloße Möglichkeit, die Schwerkraft der Zeit zu überwinden, gewährt ein sinnliches Vergnügen, wie es nur wenig gleichwertige gibt. Als ich meinen schweren Koffer – er war geliehen, weil ich kein Gepäckstück besaß, das die für mehrere Monate notwendigen Sachen fasste – in den schmuddligen Zug nach Rom wuchtete, konnte ich mir nicht vorstellen, dass es überhaupt eine Zukunft ohne ihn geben konnte. Die Welt brauchte mich nicht, und wer außer ihm würde mir noch bestätigen, dass es mich wirklich gab?

Mit mir stiegen Italiener ein, ihr Gepäck bestand hauptsächlich aus Kartons, wild mit Schnüren umwickelt. Der Zug war sehr voll. Ich zog den Vorhang im Abteil zu und hoffte inständig, dass niemand sonst es betreten würde. Dann tauchte natürlich doch noch jemand mit einem grinsenden Gesicht auf und setzte sich zu mir dazu. Dieselbe Strecke, auf der die süditalienischen Gastarbeiter nach Norden gekommen waren, um ihr Glück zu finden, trug mich der Zug nun in die entgegengesetzte Richtung, als gäbe es im Süden etwas Neues zu entdecken.

Es schien erst ganz einfach: Die Vergangenheit blieb im verschmierten Neonlicht des Bahnsteigs zurück, der langsam an mir vorüberglitt. Statt der ewigen Schuldgefühle nahm ich aber den Schmerz als meinen neuen Begleiter mit. Ich fragte mich, ob er sich je verabschieden würde.

Jemand winkte, ich war unsicher, ob ich hoffen sollte, dass er es war. Ach nein, ich musste mich geirrt haben, und mein Herz sank an seinen Platz zurück. Und doch enthielt diese visuelle Illusion einen Trost. Ihr bloßes Auftauchen schien so etwas wie Hoffnung zu enthalten.

Konnte es denn überhaupt wahr sein, dass wir uns geliebt, miteinander geschlafen und uns ineinander verloren hatten? Kaum eine Spur war davon geblieben. Nur einige Eintragungen in meinem Tagebuch, diverse Briefe, die meisten unabgeschickt. Ein schmaler Aktenordner, der den Schriftwechsel mit seiner Krankenkasse wegen der Bewilligung zur Psychotherapie enthielt, eine erschreckend geringe Stärkung meiner langfaserigen Muskulatur, erzielt durch sehr viel Rennradfahren bei konsequent hoher Trittfrequenz, einige kleine Kunstgegenstände wie das Paperweight oder der Porzellanmohr. Die Speicherung einiger Erregungsmuster auf der Gehirnrinde, der Ort für Langzeiterinnerungen, ehe sie sich in nichts auflösen.

2

Bleibt mir noch zu berichten, was aus Jutta geworden ist. Rainer und sie blieben noch etwa zwei Jahre zusammen. Eine lange Zeit für eine Geliebte, deren Verfallsdatum gewöhnlich kürzer ist. Rainer kaufte eine neue Eigentumswohnung, die viel luxuriöser als Juttas altes Apartment war, und zog mit ihr zusammen. Aber die Größe der marmorgefliesten Räume schien die beiden immer weiter voneinander zu entfernen. Sie fühlten sich verloren zwischen Zimmerpalmen und Stahlmöbeln der klassischen Moderne. Deshalb saßen sie meistens in ihrer Hochleistungsküche an einem Holztisch, der eine größere Ausgabe meines alten war. Rainer kehrte schließlich erst auf Probe zu seiner Ehefrau zurück, dann ganz, und nach mehreren Anläufen schaffte er sich eine noch jüngere Geliebte an, so muss man es wohl korrekterweise sagen.

Jutta schlug eine akademische Karriere ein, was ihr damals keiner zugetraut hatte. Sie ist heute Dozentin für Altitalienisch an einer kleinen Universität im Osten Deutschlands. Kulinarisch ist dieses Gebiet eine Art Niemandsland. Die Spezialitäten sind dort Soljanka und Sauerkraut, blöd ist nur, dass Jutta immer noch keine Eintopfgerichte schmecken. Gelegentlich haben wir noch Kontakt, aber wir vermeiden es, über die alten Zeiten zu reden.

Schmitt gründete eine Firma, die aus Weggeworfenem Möbel recycelt. Diese Idee hatte er aus Afrika mitgebracht. In Zeiten der Globalisierung sehnen sich die Leute anscheinend nach individuellem Design und reißen ihm seine Hocker aus alten Blechkanistern aus den Händen. Er verwertet einfach alles, wobei er der alten Weisheit treu geblieben ist, dass auf diesem Planeten nichts verloren geht. Materiell hat er keine Probleme, er soll inzwischen sogar mehrere Eigentumswohnungen besitzen, wie mir frühere Freunde verwundert berichteten.

Aus Ralfs Diskothek ist längst eine Kette geworden. Besonders im dörflichen Alpenvorland sind er und ein Freund von ihm erfolgreich mit ihrem Konzept: Frauen haben den Eintritt und alle Getränke frei. Im Winter trägt Ralf jetzt lange Pelzmäntel, und seitdem er sich das Rauchen abgewöhnt hat, kämpft er mit seinem Bierbauch.

Chris ist immer noch solo. Er hat seine Leidenschaft fürs Essen und Trinken weiter ausgebaut und ist Chefredakteur eines auflagenstarken Feinschmeckermagazins geworden. Seitdem hat er zwanzig Kilo zugenommen und ist kaum noch wiederzuerkennen. Ich versuche meine Enttäuschung darüber nicht zu zeigen, aber unsere gemeinsamen Restaurantbesuche, die es weiterhin gibt, sind von einer gewissen Befangenheit bestimmt. Obwohl er in seiner Eigenschaft als Gourmetspezialist eigentlich nur inkognito essen gehen sollte, umschwärmen ihn trotzdem die Lokalbesitzer. Und während sich auf seiner Seite des Tisches die Teller mit zu testenden Speisen häufen, denke ich laut über Trennkost nach.

Während Chris also lustvoll seinen Hang zum Unmäßigen auslebt und täglich runder wird, macht sich in der

Szene eher Desillusionierung breit und das Bedürfnis, die verachtete Altersversorgung nachzuholen. In der Buchhandlung haben sie deshalb seit einiger Zeit damit begonnen, Prämiensparbücher für alle verbliebenen Mitarbeiter anzulegen. Ihre Anzahl ist längst reduziert worden, aber der Antiquar ist immer noch da, er ist unersetzlich. Alte Bücher haben jetzt Hochkonjunktur, besonders linke Mythen haben seit dem Fall des Eisernen Vorhangs an Wert gewonnen. Was gedruckt noch von ihnen übrig war, ist von den Genossen nach und nach abgestoßen worden. Aus Platz- und Altersgründen haben sie längst damit begonnen, hemmungslos auszulichten, was einst Stolz eines jeden Linken war, ein bis zur Decke reichendes Bücherregal.

Die Pappkartons mit der Aufschrift »Agenda« existieren jetzt bereits in ihrer vierten oder fünften Generation. Denn was der Antiquar angesammelt hatte, wurde während seiner Jahresurlaube von den Kollegen immer wieder einmal ungeöffnet entsorgt, und wahrscheinlich ist ihm das nicht einmal aufgefallen. Immerhin hat er damit eine bleibende Metapher des Aufschiebens erschaffen: Schließlich kann es mehr als sinnvoll sein, alles Unerledigte in einer Schachtel abzulegen und darauf zu warten, dass jemand anders es für einen wegschmeißt. Wenn man so will, sind die Kartons des Antiquars auch eine Metapher des Lebens. Denn was ist das Leben, wenn nicht eine Geschichte des Vergessens, mit dem Etikett »Sofort erledigen«?

Einzig Susanne blieb von den Zeitläuften einigermaßen verschont. Ihre strenge Schönheit reifte, aber sie welkte kaum. Vielleicht kann sie deshalb so gut damit umgehen, dass das, was wir einmal gewollt haben, so schnell Geschichte geworden ist. Nach großen Veränderungen hatte sie jedenfalls kein Bedürfnis mehr, deshalb blieb sie auch dem Buchladen treu. Dazu passt, dass sie zwar spät, aber sicher im Hafen der Ehe landete. Ob sie damit glücklich geworden ist? Das gehört zu den Fragen, die sie nicht bewegen.

Was Jutta und mich betrifft, wir beide haben heute die elegante Patina der abgeklärten Geliebten. An manchen Abenden, im günstigen Licht, ist noch das schwache Echo unserer einstigen Grazie wahrnehmbar. Man sagt uns, dass wir uns gut gehalten hätten, doch in den besonnten Garten unserer größten Liebe können wir trotzdem nie mehr zurück. Ein schwacher Trost für uns beide ist, dass etwas von uns für immer dort geblieben sein muss.

Für alle Frauen und Mädchen, die bereit sind, uns in das verwunschene Gehege zu folgen, weil sie für die wenigen Momente größter Verzückung auf Sicherheit und Trauschein verzichten wollen: Nicht jede, die behauptet, eine Geliebte zu sein, ist euch ebenbürtig – vielleicht möchte sie nur die Ehefrau übertrumpfen. Und lasst euch nicht einreden, Liebe sei eine Geschichte mit Happy End. Was ihr sucht, ist nicht von Dauer, dafür aber womöglich unerreichbar für den Normalsterblichen. Nicht dick werden, der Körper ist heilig. Lasst euch auch von niemandem einreden, es sei unrecht, was ihr tut. Wie sollte überhaupt solches Glück unrecht sein? Seid euch selbst treu, und macht nicht das, was man von euch erwartet.

Wir alle benötigen Zeugen für unser Dasein, denn ohne dass jemand unserem Leben beiwohnt, scheinen wir nicht zu existieren. Das gilt erst recht, wenn wir lieben. Denn was ist Liebe anderes als ein gewaltiger Überfluss, den wir mit der ganzen Welt teilen möchten? Das Himmelreich einer

Geliebten liegt jedoch jenseits davon, tief im Verborgenen. Die Tragik der geheimen Liebe ist von daher, dass sie immer ohne Zuschauer bleiben muss.

Wenn ich jetzt dennoch unsere Geschichte erzählt habe, dann aus dem Wunsch heraus, dass sie wenigstens in der Fantasie weiterleben wird. Womöglich wäre sonst alles vergessen worden, und ich wäre zu spät gekommen, wie immer.